El viento y la sangre

ALEXIS RAVELO (M. A. WEST)

EL VIENTO Y LA SANGRE

NAVONA NEGRA

Primera edición: mayo de 2013
Segunda edición: septiembre de 2014

Publicado por Navona editorial
© de esta edición: Terapias Verdes, S. L.
Pau Claris, 167, 08037 Barcelona
comunicación@grupotnm.com
www.navonaed.com
© del texto: Alexis Ravelo

Fotocomposición: Víctor Igual, S. L.
Aragón, 390, 08013 Barcelona
Impresión: Gráficas 94, S. L.
Polígono Can Casablancas,
calle Garrotxa, nave 5
08192 Sant Quirze del Vallès

Depósito legal: B-9.260-2013
ISBN: 978-84-92840-49-6

Índice

PRÓLOGO A LA NUEVA EDICIÓN

El año en que quise ser B. Traven
o cómo nació M. A. West

1.09.2014

Esto es una confesión. Y una explicación. Pero uno nunca puede explicar rápidamente por qué hace ciertas cosas. Para hacerlo de forma eficaz, debe escarbar en la memoria y el pasado. Por eso, quizá, habrá que empezar por el principio.

Hace más de veinte años, un buen amigo y yo entrevistamos para una revista literaria a una escritora mexicana de origen libanés. Cuando se habló de las etiquetas a las que estrategias promocionales y casillas académicas condenan a los autores, nos dijo: «La etiqueta 'mexicana', la etiqueta 'mujer', la etiqueta 'joven'... Me cansa todo eso, yo querría ser B. Traven».

Por si no lo recuerdan, B. Traven fue uno de los tantos seudónimos de un escritor alemán que firmó novelas inolvidables, como *El barco de la muerte* o *El tesoro de Sierra Madre*. En su época no se sabía quién era. El lector se enfrentaba directamente a sus textos, que son lo que realmente importa cuando se habla de literatura. Desconozco exactamente los motivos por los que B. Traven se ocultaba: se ha hablado de timidez, de un pasado anarquista, aunque yo siempre he preferido la explicación de que Bruno Traven creía que sus libros debían hablar por sí solos.

Más claros están los motivos por los que otros autores, en su oportunidad, también se ocultaron: desde la puramente económica (la posibilidad de vender más títulos a una misma editorial o publicación periódica) hasta la política. En algunas ocasiones, el motivo ha sido la pura diversión.

La escritura, para mí, es también juego. Quiero decir: la vertiente lúdica de la actividad creativa se me antoja imprescindible, pues es la que termina abarcando asuntos mucho más serios, entre ellos, el de la identidad.

En la actualidad, si te dedicas al ámbito creativo, resulta muy difícil divulgar tu trabajo sin divulgar, también, un poco de ti mismo, de tu propia identidad. Ese aspecto siempre me ha preocupado, porque uno desea crear cosas que duren en el tiempo y los seres humanos caducan, como lo hacen los carnés de identidad. Por ello he reflexionado frecuentemente sobre lo que nos contó aquella escritora y, movido por esa reflexión, en 2012 (un año en el que mi nevera estaba muy vacía pero mi corazón muy lleno) decidí ser B. Traven.

En parte juego, en parte experimento, en parte (gran parte) apuesta conmigo mismo, a principios de ese año decidí emplear algo del mucho tiempo libre que tenía en plantearme a mí mismo un reto en forma de ejercicio de estilo: lograr escribir una novela negra clásica al modo de los autores norteamericanos de los años cincuenta. Esto no es nada nuevo. Lo habían hecho Boris Vian, Georges Simenon o González Ledesma. Pero ya se sabe: todo está escrito salvo lo que te toca escribir a ti mismo. Y este era un pecado que deseaba cometer. Por supuesto, no bastaría con que yo quedara contento con el resultado: la novela tendría que acabar siendo publicada y los lectores habrían de leerla sin notar que había sido escrita en la parte más africana de España por un autor que no había pisado EEUU en su vida.

No hubo mala intención. Simplemente, quise retarme a mí mismo, obligarme a hacer algo distinto mudando de estilo y de razones, como quería Lope de Vega.

Así, escribí una novela *pulp* fingiendo que se trataba de una de las novelas escritas por un autor olvidado que había sido traducido por Thalía Rodríguez Ferrer (que prestó amablemente su nombre para esta pequeña *boutade*) y por mí.

Pronto descubrí que no bastaba con escribir la novela: había que crear una bibliografía esencial, unos cuantos hitos biográficos que sirvieran para perfilar una sombra, una editorial inicial y efímera. Acabé, incluso, escribiendo un prólogo en el que se mencionaban algunos críticos norteamericanos que se habían ocupado de ella. El prólogo, claro está, forma parte de la novela en otro plano de la ficción, pero supuso, para mí, un problema: me vi a mí mismo escribiendo impúdicos elogios sobre mi propio trabajo, amplificando los que ya había incluido en una entrada de blog que debía servir de gancho.

Pero el verdadero experimento, el verdadero reto, comenzó en mayo de 2013, cuando Navona Editorial publicó *El viento y la sangre*, de Martin Aloysius West, como el número 2 de su colección dedicada al género, después de *Seis enigmas para Sherlock Holmes* e inmediatamente antes de la magistral *La promesa*, de Friedrich Dürrenmatt. Muy pocas personas estaban en el secreto. Por supuesto, mis editores, un par de amigos y mis libreros de referencia. El propósito no era económico: era estético, lúdico, acaso sociológico. La publicación de *El viento y la sangre* fue, en fin, como una de esas botellas que uno lanza al mar del intertexto, sin muchas esperanzas de que llegara a ningún sitio. Las características del juego exigían, además, que no se hicieran campañas de promoción. Sin embargo, sorprendentemente, la novela gustó, ganó lectores y mereció el interés de algunos críticos y blogueros a quienes admiro, y hasta el de alguna que otra revista especializada.

Con placer, debo decir que muy pocos se dieron cuenta de que se trataba de una falsa traducción y que, al entender los parámetros del proyecto, la mayor parte de ellos se convirtió en amable cómplice.

Hoy, cuando empieza septiembre, tras consultarlo con las personas directamente implicadas, he decidido que ya es hora de salir del armario: *El viento y la sangre* y su protagonista, Rudy Bambridge, nacieron en Canarias, en 2012. M. A. West no existe. Fue la máscara que necesitó ponerse un escritor llamado Alexis Ravelo para demostrarse a sí mismo que no era un escritor canario, español o calvo, sino, sencillamente, un artesano, un escribidor.

Desde aquí deseo dar las gracias a todos aquellos que contribuyeron a ello y a quienes se dieron cuenta y callaron. Y disculparme con las personas que leyeron *El viento y la sangre* creyendo en la existencia de West, con quienes lo recomendaron a sus amigos y pidieron más. La intención, repito, no era mala y el daño, creo, habrá sido leve, efímero como lo es todo carné de identidad. En todo caso, les ruego que piensen que formaron parte de una buena obra: la apuesta de un autor que deseaba que, al menos uno de sus textos, se explicara por sí solo.

ALEXIS RAVELO

EL VIENTO Y LA SANGRE

DIEZ MINUTOS

Daniel Morton llegó en un Oldsmobile negro del 42. A su lado, sobre el asiento del acompañante, había dejado una bolsa de papel que contenía un paquete de tiras de goma y una botella de Jim Bean adquiridos apresuradamente en el *drugstore* de una gasolinera (las tiras de goma eran circulares, de color carne, de las utilizadas por niñas y adolescentes para hacerse lazos en el pelo). En el asiento trasero llevaba un maletín de médico oculto bajo un abrigo. El resto de su equipaje estaba en el maletero y consistía en un macuto militar que albergaba sus exiguas pertenencias. En el bolsillo derecho de su chaqueta de *tweed* llevaba un revólver Smith & Wesson del calibre 38. Era un arma pequeña y firme, con cañón de dos pulgadas y capacidad para seis tiros. En el tambor había cuatro casquillos y solo dos cartuchos sin disparar.

Morton recorrió con su auto las calles de la mansa ciudad de construcciones bajas, en las que abundaban el ladrillo visto y la piedra. Pasó por la plaza principal y luego circuló muy lentamente por la avenida Roosevelt hasta llegar ante el Tommy's. Pasó por delante de la fachada lo suficientemente despacio para leer el rótulo en el cual se publicitaban desayunos y cenas, batidos y refrescos, hamburguesas y tartas de manzana, grosella y zanahoria. Luego dio media vuelta, aceleró y volvió a salir del casco urbano de Marksonville en dirección Norte.

No tardó en dar con el Motel Amberson. El negocio estaba en la carretera que llevaba hacia Ashland Heights y era un lugar polvoriento y solitario que disponía, además, del reclamo de un bar cuyo rótulo luminoso acababa de encenderse. Pidió una habitación doble con cuarto de baño y, tras aparcar el auto, se encerró en ella con el macuto, el maletín y la bolsa de papel. Dio un rápido vistazo a la anticuada moqueta, a la estufa de carbón y al pequeño diván tapizado de rojo que ostentaba quemaduras de cigarrillos en uno de sus brazos. Dejó sus cosas sobre la colcha de dudoso aspecto que cubría la no menos dudosa cama de matrimonio, habitualmente utilizada, supuso, por adúlteros locales, camioneros, viajantes y prostitutas de paso.

Pequeño y escuchimizado, Morton tenía un semblante pálido y anguloso, con una gran nariz cuyas dimensiones intentaba disimular inútilmente sirviéndose de un ridículo bigote tan negro y fino que parecía dibujado con lápiz de ojos. Se movía con la resolución característica de los tipos duros, aunque sabía (como sabían todos los que le conocían) que siempre había sido y nunca sería más que un perdedor, un segundón que se arrimaba a quienes valían más que él para alimentarse con sus sobras. No obstante, por primera (y acaso última) vez, Morton tenía una oportunidad. Todo dependía de que supiera moverse rápida y convenientemente. Y ese hecho, el hecho de estar tan cerca del triunfo y que, no obstante, todo pudiera echarse a perder si metía la pata, le ponía nervioso. Muy nervioso.

Tras asegurarse de que persianas y cortinas estaban echadas, se quitó la chaqueta, abrió el maletín y comprobó que el dinero continuaba allí. Durante un buen rato se aplicó a la tarea de alisar uno a uno los billetes, reunirlos en fajos y atarlos con dos tiras de goma cada uno. Cuando vació completamente el maletín, observó las dos filas de veinte fajos de billetes cada una que habían quedado sobre la colcha. Cuarenta fajos. En cada fajo, 500 dólares. Eso daba un total de veinte mil dólares en viejos billetes de diverso valor.

Veinte mil dólares.

Morton no pudo evitar una sonrisa y un escalofrío.

Volvió a meter el dinero en el maletín y decidió que, hasta que encontrara un escondite mejor, lo guardaría en el pequeño armario que había frente a la cama.

Solo entonces se permitió coger un vaso del cuarto de baño y tomarse un lingotazo de bourbon. Aún sentía en la garganta una caricia de fuego cuando se sirvió el segundo.

Luego dejó la botella y el vaso sobre la mesilla de noche, al alcance de la mano. Se puso nuevamente la chaqueta y salió al corredor, donde había una cabina telefónica.

La noche se le había echado encima, pero aún, a lo lejos, podía adivinarse un último estertor rojizo lamiendo las suaves praderas del Medio Oeste. Morton no se fijó en el paisaje, empeñado en rebuscar en la guía telefónica. Finalmente, dio con el nombre y el número que buscaba.

Mientras se establecía la comunicación, Morton, con las uñas de los dedos corazón y anular de la mano derecha, se rascó compulsivamente el ridículo bigote. Era un gesto habitual en él. Creía que le daba un aire interesante y viril, pero en realidad lo hacía parecer aún más pequeño y ridículo. Al fin descolgaron, y Morton pudo distinguir el inconfundible sonido ambiente de un bar donde los parroquianos charlaban sobre el fondo de una melodía de *swing*. La voz que habló, dijo:

—Tommy's. Dígame.

Era la voz de una camarera contestando al teléfono de forma amable aunque impersonal. Sin embargo, era una voz de mujer, la voz de mujer que el hombrecillo anhelaba escuchar y tuvo que reprimir el tableteo de su corazón al decir:

—¿Lorna?

—Sí. ¿Con quién hablo? —inquirió la mujer con un dejo de curiosidad y reconocimiento.

—Lorna, soy yo, Danny.

—¿Danny?

—Danny —insistió el hombrecillo—. Daniel Morton.

La mujer no dijo nada. Por unos instantes, solo se oyó el murmullo de las conversaciones de los clientes, el sonido de los cubiertos entre las bocas y los platos de sopa de tomate o de pollo frito con maíz y guisantes. Un siglo después, cuando la mujer volvió a hablar, su tono ya no era amable ni impersonal, sino seco y gélido como el hielo.

—Danny... ¿Cómo te va todo? —condescendió a preguntar, de una forma que evidenciaba un absoluto desinterés por la respuesta.

—Lorna, estoy aquí.

—¿Dónde?

—Aquí, en Marksonville.

Ahora hubo un ápice de inquietud en Lorna, al preguntarle qué estaba haciendo allí.

—Digamos... Digamos que estoy de paso —tartamudeó Morton—. Me alojo en el Amberson. ¿Lo conoces?

—Sí, lo conozco.

—Desearía hablar contigo, si es posible. Estoy en la habitación 21.

La mujer emitió un suspiro de impaciencia.

—No creo que sea buena idea.

—Por favor, Lorna... Por favor... Quiero... *Necesito* hablar contigo.

—Danny...

—Por favor, te lo ruego. Serán solo diez minutos. Tengo que contarte algo y no puede ser por teléfono.

—Daniel, aquello se acabó. Ahora vivo tranquila y...

—Te lo suplico, Lorna... Diez minutos... Solo diez minutos. Después podrás hacer lo que quieras, pero tienes que escucharme. Hazlo por el pasado, Lorna, por lo que fue. Solo diez minutos. Me lo debes.

Volvió a hacerse un silencio largo, doloroso. Tras los ojos de Lorna Moore flotaron sombras en las que había manteles sucios, botellas vacías, jeringuillas sin esterelizar tiradas en cuchitriles de los barrios más sórdidos de una ciudad a la que ella se había prometido no volver jamás. Finalmente, dijo:

—No te debo nada, Daniel Theodore Morton. No te debo nada. Ni a ti ni a nadie.

—Si quieres, puedo ir a verte ahí.

—Ni se te ocurra —escupió Lorna—. Ni se te ocurra aparecer por aquí, ¿me oyes? —Hizo una pausa, antes de soltar un nuevo suspiro, esta vez de resignación, y añadir—: No acabo hasta las diez.

—Está bien.

—No podré llegar hasta las diez y media o las once.

—Está bien —repitió Morton—. Esa hora está bien. Perfecto. La 21. Te prometo que no te arrepentirás.

—Creo que ya me estoy arrepintiendo —repuso ella antes de colgar sin despedirse.

Morton se quedó aún unos segundos con el auricular en la mano antes de aceptar que la conversación había terminado. Siempre le había pasado eso con Lorna, incluso en la época en que vivían juntos: siempre tenía la inevitable sensación de haberse quedado con cosas que decirle.

Volvió a la habitación calculando que disponía de tres horas. Era tiempo suficiente para buscar un escondite mejor para

el dinero, acercarse al bar a cenar algo, darse un baño y adecentarse un poco. Quería tener el mejor aspecto posible
cuando Lorna llegara. Al fin y al cabo, dispondría solo de diez
minutos a solas con ella. Pero pasar diez minutos a solas con
Lorna era mejor que pasar toda una vida con un ángel.

UN RODEO DEMASIADO LARGO

Con la ley no tenía ninguna cuenta pendiente, así que no se había cambiado de nombre. Pero, aun así, Morton no era un tipo con contactos o capacidad para lograr dar con ella. Así que Lorna Moore se preguntó cómo lo habría hecho. Se respondió prácticamente enseguida: Velma. Era la única que sabía dónde estaba. Inmediatamente después se hizo otra pregunta: ¿Lo habría contado por dinero, porque creía estar haciendo un favor o porque Morton la había obligado de algún modo? La respuesta a esta nueva cuestión surgió por el sencillo método de la eliminación, ya que Velma era alguien de fiar y, por otro lado, no se le ocurría manera humana de que el escuchimizado Morton obligase a Velma a hacer algo contra su voluntad. Así que debía de haber obrado de buena fe. Sin embargo, quiso asegurarse.

Comprobó de un vistazo que la clientela aún seguía atendida, pidió permiso a Helen para hacer una llamada y solicitó a la operadora que la conectara con el número de Velma, que recordaba de memoria. Nadie contestó. Calculó que quizá Velma estuviera ya a esas horas en el Loop's. Le costó algo más recordar ese número, pero al fin, tras unas cuantas llamadas, alguien contestó. Era un hombre, seguramente un nuevo barman, a quien Lorna no conocía. A esas horas el club estaría recién abierto y no habría nadie más que el personal y algún juerguista tempranero. Preguntó por Velma, identificándose como una amiga y el hombre le informó de que Velma llevaba unos días sin aparecer por el Loop's. No dejó recado. Ya volvería a llamar. Agradecía la amabilidad.

Después se dedicó a rellenar tazas de café, servir platos y retirar servicios de las mesas de clientes que la llamaban por su nombre y se dejaban tratar con familiaridad.

La avenida Roosevelt, donde estaba situado el Tommy's era la arteria principal de la ciudad y llegaba casi hasta los suburbios del sur, desde la plaza donde el Ayuntamiento, los Juzgados, la oficina del Sheriff y el templo metodista formaban un cuadrilátero de paz y orden. En el Tommy's se servían desayunos decentes, cenas económicas y la mejor tarta de manzana del condado de Pennington, así que no era de extrañar que sus ocho mesas y sus 30 pies de barra practicable estuvieran frecuentados casi a cualquier hora por lo más respetable de Marksonville. Lorna era la única camarera, aparte de Helen, la copropietaria, una rubia de bote de caderas anchas y sonrisa confortable, esposa de Tom Hidden, quien se ocupaba de la cocina.

El hombre delgado que entró en el local sobre las nueve de la noche, vestía un elegante traje gris marengo, de chaqueta cruzada, un sombrero de idéntico color y zapatos de cuero marrón. Tendría unos treinta años, se movía con firmeza y sonreía poco, aunque se comportaba con educación. Ocupó la última mesa del fondo, dando la espalda a la pared y fue Lorna quien le atendió. Tras consultar la carta, pidió café y un trozo de tarta de manzana.

—Me han hablado muy bien de ella en el hotel —comentó, refiriéndose a la tarta, con el evidente propósito de buscar tema de conversación.

—¿En el hotel? —preguntó Lorna, dejándose deslumbrar, solo durante unos segundos, por los ojos castaños del cliente—. ¿No es usted de por aquí?

—Oh, no. Estoy de paso. Voy a Rapid City, por negocios. Me alojo en el Jefferson.

—Un lugar agradable —opinó Lorna.

—Igual que este —dijo el forastero, abriendo las manos para abarcar simbólicamente el local.

Lorna le agradeció el cumplido ampliando su sonrisa, antes de volver tras la barra. Desde allí observó durante unos instantes el traje y los zapatos del hombre. Eran de buena factura, seguramente hechos a medida. Se le ocurrió que resultaban demasiado caros para un viajante de comercio. Pero, en ese momento, no le dio importancia. Bien podía ser un empresario o un directivo. Había más de uno que prefería supervisar personalmente sus negocios. Sin embargo, pensó mientras le servía, el tipo era demasiado joven para encajar en ese perfil. Casi sin darse cuenta, Lorna comenzó a notar que el tipo la intrigaba y, probablemente por eso, se sentía ligeramente atraída por él.

Cuando regresó para ofrecerle una segunda taza de café, el hombre había dado ya cuenta de su trozo de tarta.

—Tenían razón. Una tarta insuperable.

—Tom hace las cosas con cariño —dijo ella, satisfecha. Ante el gesto de curiosidad del hombre, se apresuró a añadir—: Tom Hidden. El propietario. Cocina él mismo, incluida la repostería.

—Tom Hidden... ¿Y usted es...?

—Me llamo Lorna. Lorna Moore.

El hombre hizo ademán de levantarse e inclinar la cabeza, mientras le tendía la mano:

—Taylor Stevens, de Casper, Wyoming.

—Encantado de conocerle, Taylor Stevens, de Casper, Wyoming —dijo ella con algo de coquetería, correspondiendo al saludo.

—El gusto es mío, señorita Moore. Porque no habrá un señor Moore, ¿verdad?

—Sí que lo hay. Es mi padre.

Al pedir la cuenta, el hombre dijo que volvería a pasar para tomar otro trozo de aquella «deliciosa tarta», probablemente a la vuelta. Cuando salió del local, Lorna se dijo que Markonsville estaba bastante lejos del camino entre Rapid City y de cualquier ciudad del estado de Wyoming. Exactamente en la dirección contraria. Un rodeo demasiado largo.

A Lorna le pareció extraño, pero no sospechó que la aparición de Morton y la de Taylor Stevens estuvieran relacionadas. En aquel momento carecía de datos para saberlo. Y mucho menos hubiera podido adivinar que lo que vinculaba a ambos hombres era algo terrible que había sucedido unos días antes.

LA RABIA DEL JUICIO FINAL

Vinnie Miller, alias *el Cojo*, miró por enésima vez el reloj que colgaba de la cochambrosa pared de la cocina y calculó que hacía ya 24 horas que Douglas y Morton debían haber regresado. Durante ese tiempo se le habían ocurrido cientos de posibles explicaciones, que la angustia, el cansancio y la botella de Bell's ahora vacía habían reducido a dos: que les hubieran tendido una trampa en el lugar de la recogida (lo cual implicaba que ambos estuvieran ahora fríos, pues, de lo contrario, hubieran cantado *La Traviata* y alguien se hubiera presentado ya allí) o que le hubieran traicionado, mandándose a mudar con la pasta y dejándolo a él con el paquete. Esta última posibilidad le parecía increíble, no por Danny Morton, a quien consideraba una rata de cloaca, sino por Walter, que era su socio desde hacía años. No obstante Vinnie no era tan ingenuo como para no saber que las lealtades más firmes se tornan endebles si hay de por medio veinte de los grandes.

Se maldijo por dejarse meter en aquel negocio. Sí, sobre el papel, parecía un buen plan. Pero, sobre el papel, ¿cuál no lo parece?

Se rascó la barba que había dejado crecer durante el último par de días en su rostro grosero y grasiento, se apoyó un momento en la pared y regresó al salón, tan sucio y desordenado como la cocina, pero aún más oscuro. Sobre el sofá había un periódico deportivo, junto a una escopeta paralela del calibre 12, con los cañones recortados hasta el guardamanos. Estaba cargada. La había cargado el día antes, cuando comenzó a sospechar que algo se había torcido. Se sentó en el sofá y estiró la pierna mala sobre la mesita, para dejarla descansar. Supo que iba a llover. Ocurriría a media mañana. Como tarde, a mediodía. Y sería una gran descarga. Siempre era un gran chaparrón cuando sentía que su rodilla era como un acerico.

Hacía tiempo que había hecho sus propios planes: si a mediodía no tenía noticias de Walter y Danny, tendría que deshacerse del paquete y convertirse en humo. Aquellos dos se habían llevado el Oldsmobile, pero tenía el Dodge. No tardaría en llegar a Joliet, donde aún vivía su hermana. Ella le acogería unos cuantos días, hasta que supiera qué hacer, dónde esconderse.

No tuvo que esperar a mediodía. Justo en ese momento, sonó el teléfono. Era Fred Cole, el imbécil de Fred Cole, el cotilla entrometido de Fred Cole, que ocupaba la línea cuando más necesitaba *el Cojo* que la dejara libre.

—¿Qué hay? —preguntó Vinnie con sequedad.

—Lo siento, chico. Qué faena —dijo Cole, con aire de funeral.

—¿Qué es lo que sientes?

Ahora Cole se mostró sorprendido.

—Chico, ¿no te has enterado?

—¿De qué?

—¿De verdad que no te has enterado? —insistió Cole, cantarín—. Venía hoy en el periódico. No se habla de otra cosa. Me parece asombroso que no lo sepas.

Vinnie dio un bufido de exasperación.

—No, no me he enterado. Me duele la pierna desde hace un par de días y no he salido de casa. No he leído el periódico. Y no he hablado con nadie desde ayer. Así que dime de qué diablos tendría que haberme enterado o déjame en paz de una vez.

A medida que hablaba, Vinnie había ido perdiendo la poca paciencia que le quedaba, así que sus últimas palabras sonaron como un grito desafinado que congeló a Fred durante unos segundos, antes de que lograra decir:

—Vaya, perdona, hombre. No sabía que la pierna te estaba fastidiando. Bueno, te cuento: han matado a Walter.

Vinnie sintió que el sofá se convertía en un caimán que comenzaba a tragárselo.

—Lo encontraron ayer.

—¿Dónde?

—En la estatal. Bueno, a un lado de la carretera. Cerca de Rockford. No encontraron su coche. Por lo visto, alguien le pegó cuatro tiros y lo arrojó allí.

—Mierda.

—¿Qué coño estaría haciendo tan lejos?

—Mierda —repitió *el Cojo*.

—Sí. Yo pensé que tú lo sabías. Sé que vosotros...

Vinnie ni siquiera se despidió. Se limitó a colgar el teléfono.

Después se puso en pie. Instantáneamente, el dolor de la rodilla se había convertido en una simple molestia. Tampoco le preocupaba ya demasiado lo que hubiese ocurrido realmente, aunque lo sospechaba (y eso le hizo prometerse a sí mismo que ya pillaría a aquella rata almizclera de Daniel Morton y le daría su merecido). Ahora lo que urgía era deshacerse del paquete. Porque, hubiera pasado lo que hubiera pasado, el hecho indiscutible e ineludible era que el paquete estaba allí, en su propia casa y que, tarde o temprano, alguien ataría cabos y vendría a pedirle explicaciones. Cogió la escopeta y se dirigió hacia el fondo de la casa. Por el camino, entró en el cuarto de baño, cogió también su navaja de afeitar y se la guardó en el bolsillo delantero de los pantalones.

No se preocupó de taparse la cara. Ya no sería necesario.

Cuando abrió la puerta tardó en acostumbrarse a la penumbra de la minúscula habitación, cuya única ventana había sido tableteada. Curiosamente, lo primero en lo que se fijó fue la bacinilla de loza, que había olvidado vaciar por la noche. Después en la caja de madera que hacía las veces de mesilla. Y solo en último lugar su atención se centró en la cama, en el bulto pálido entre las ropas grisáceas del lecho, en el vestidito blanco inmaculado que llevaba puesto cuando se hicieron con él y que ahora no estaba tan blanco ni tan inmaculado. Ahí estaba el paquete, Mara Donaldson, la hija de Nigel Donaldson, que sana y salva valía veinte mil dólares y que ahora no valía una mierda.

Se detuvo a un paso de ella. Miró las piernas blancas, abiertas, con los pies atados a los largueros del armazón del somier. Miró la falda del vestido, que se había subido hasta más allá de las rodillas, mostrando el nacimiento de unos muslos blancos y tersos. Miró el talle que aquel vestido ceñía y los pequeños pechos, endurecidos por la adolescencia, que el diseño pueril no lograba disimular del todo. Por último miró el cuello, mostrado a medias por los largos y desordenados cabellos rubios. La boca estaba cubierta por la mordaza, aunque él sabía que era una boca de labios carnosos y rojizos. Los ojos estaban vendados, pero los había visto y eran dos ojos rasgados, de un azul profundo, casi añil.

Había visto aquellos ojos llenos de miedo, aquellos labios temblando y empalideciendo cuando daba de comer a la chica. También había visto aquellos muslos, cuando la desataba y le permitía sentarse en la bacinilla, sin concederle el gesto misericorde de volverse hacia la pared o la puerta cerrada. La excusa era que no podía dejarla sin vigilancia, pero el hecho cierto es que Vinnie *el Cojo* se lo pasaba en grande mirándola mientras hacía sus necesidades. Acaso no tanto por lo que veía, sino porque sabía que eso la humillaba. Y humillarla le hacía sentirse poderoso. Durante todos esos días había fantaseado con la posibilidad de darse un festín con la niña, pero Douglas y Morton no se lo hubieran permitido: la chica era una mercancía demasiado valiosa.

Ahora, no obstante, las cosas habían cambiado mucho. Dentro de poco, en cuanto anocheciera, arrojaría su cuerpo sin vida al cauce de algún río, de camino hacia Joliet.

La chica comenzó a moverse. Se había despertado. Sabía que él estaba allí. Todo su cuerpo comenzó a temblar, acaso porque intuía lo que se avecinaba, acaso porque tenía la esperanza de que su papi hubiera pagado el rescate y estuviesen a punto de liberarla. Vinnie jamás lo supo. No le preguntó. No le interesaba. Ni siquiera le dirigió la palabra. Sencillamente, dejó la escopeta en el suelo, junto a la bacinilla, se desabrochó los pantalones y sacó su miembro erecto, torcido y maloliente. Luego comenzó a manosearle las piernas, mientras ella se agitaba en una resistencia inútil. Su mano subió hasta el sexo intacto y caliente y, de un tirón, le arrancó las bragas.

Cuando *el Cojo* se echó sobre ella, la chica comenzó a gemir y a llorar, pero a él no le importó. Nadie en el mundo podría escucharla. Nadie en el mundo acudiría en su ayuda.

Mientras Vinnie se abría paso a empellones entre las piernas de Mara, fuera de la mísera casucha comenzó a llover, con iracundia infinita, con pesadez de losa, con rabia de Juicio Final, como si el cielo llorase por ella.

ESCORIA SIN AGALLAS

—Mierda, Rudy —dijo Conrado Bonazzo, acompañando el taco con una sonora palmada sobre el tapete de su escritorio—. Si Nigel no hubiera perdido la paciencia...

Rudy Bambridge comenzaba a estar hasta el gorro de dar palos de ciego en aquel asunto. Pero no acostumbraba a permitir que se le notase de qué estaba harto y de qué no. Viéndole allí, sentado frente al escritorio de Bonazzo, enfundado en su elegante traje de seda color gris marengo, liando un cigarrillo con artesanal parsimonia, nadie hubiera dicho que llevaba cuatro días pateándose la ciudad, ni que no lograba recordar cuándo había sido la última vez que durmió más de cinco horas seguidas.

Nigel Donaldson había telefoneado a Bonazzo el domingo a mediodía y Bonazzo lo había mandado a llamar a él. Alguien, algún hijo de mala madre, había secuestrado a Mara, la hija de Donaldson. La muchacha tenía catorce años. ¿La recordaba Rudy de la fiesta de Primera Comunión del pequeño Mario Bonazzo? Sí, Rudy la recordaba. Por supuesto. Rudy siempre lo recordaba todo. Al parecer, ese fin de semana, Donaldson se había ausentado de la ciudad por negocios. Dos encapuchados habían abordado el coche en el que la niña salía hacia la iglesia. Rudy debía fijarse en el detalle: en domingo. Aquellos perros ni siquiera habían respetado el domingo. Habían encañonado al chófer y a la niñera y se habían llevado a la chica. Al chófer le propinaron, además, una buena paliza. A la niñera no necesitaron golpearla. Solo le dijeron que el señor Donaldson recibiría instrucciones y que, por supuesto, si quería volver a ver viva a Mara, era mejor que no llamara a la policía. Desde entonces, Rudy y los chicos se habían estado encargando exclusivamente del asunto. El rescate, exigido por una voz anónima el lunes por la mañana, era de veinte de los grandes. El viejo Donaldson era el testaferro de Bonazzo y esa suma, para Bonazzo, no era de importancia. Por ahí no había problema. Pero Rudy, que estaba poniendo la ciudad patas arriba, aconsejó que no pagaran. Bonazzo transmitió el consejo a Donaldson y Donaldson prometió esperar. Sin embargo, no cumplió su promesa. El miércoles por la noche volvió a telefonear a Bonazzo. Le habían puesto a su niña al teléfono y lo habían amenazado con empezar a enviársela a trocitos. Finalmente, Donaldson había hecho la entrega. Siguiendo instrucciones de los secuestradores, había conducido hasta Leyden y había dejado el dinero, en billetes variados y usados, en la esquina de la avenida Herrick con la carretera del río Des Plaines. Eso había sido a las ocho de la mañana. Según lo prometido, la propia Mara le telefonearía por la tarde, doce horas después, para que él mismo pudiera ir a recogerla (parecía razonable: tiempo suficiente para volver a Chicago, soltar a la chica y poner pies en polvorosa. Todo eso entraba en la pérfida lógica de estos casos). Sin embargo, pasadas las diez, Donaldson se dio cuenta de que Mara ya no telefonearía.

A partir de ese momento, las pesquisas se habían intensificado. Bonazzo había hecho correr la voz entre las demás familias. La mitad del hampa de Chicago andaba revolviendo hasta el último cuchitril buscando a la chica y la otra mitad ofrecía generoso trato de favor a quien pudiera facilitar alguna información. Cualquiera que se hubiese atrevido a hacer algo así con la hija de Donaldson (de cuya sociedad con Bonazzo sabía todo el mundo), podía atreverse a hacer cualquier cosa con el hijo de cualquiera. La respuesta debía ser rápida, eficaz, contundente y, si era posible, brutal.

Sin embargo, hoy Rudy había venido a su reunión matinal con Bonazzo sin nada en las manos, como cada día desde el domingo. Y Bonazzo había montado en cólera. No contra Rudy, sino contra las circunstancias. Sabía bien que a Rudy no podía pedirle más y que, de hecho, si Donaldson hubiera seguido sus consejos, otra muy distinta sería la situación. Lo único que podría haberle reprochado era no haber dejado a nadie junto a Donaldson para vigilarle. Pero ¿quién iba a pensar que Donaldson fuera capaz de hacer semejante idiotez?

Bonazzo procuró serenarse. Observó el rostro anguloso, pálido e impávido de Rudy, que en ese momento se llevaba a los labios un cigarrillo perfecto y lo prendía, buscándole la mirada con sus ojos castaños.

—Rudy, sinceramente, ¿qué opinas?

Bambridge escupió una hebra de tabaco antes de contestar.

—Opino que no me gustaría ser Donaldson. A la chica ya no vamos a encontrarla viva, Connie. Eso tenemos que empezar a aceptarlo. Lo que me saca de mis casillas es que tampoco tengo ningún hilo del que tirar. Nadie sabe nada. Nadie ha visto nada. A esos hijos de mala madre se los ha tragado la tierra.

Bonazzo cerró fuertemente los ojos, en un gesto de hastío e impotencia.

—Eso ya lo sé, Rudy. Pero dame algún dato que tú creas cierto, algo a lo que agarrarnos.

—Está bien. Sabemos que son dos o más. —Bonazzo lo miró con sorpresa—. Sí, seguramente haya una tercera, o hasta una cuarta persona. Puede que una mujer, encargada de cuidar a la chica. Sabemos también que iban en un coche grande y negro. Según el chófer, un Oldsmobile, pero vete a saber. Sabemos que no son de ninguna de las familias, pero a lo mejor lo fueron en su día.

—También podrían ser de fuera de la ciudad.

Bambridge negó con la cabeza, una sola vez, pero firmemente.

—Son de la ciudad. Donaldson es un tipo discreto, pero lo tenían calado. Incluso sabían que desde antes de que muriera su parienta, dos fines de semana de cada mes se va de la ciudad «por negocios».

—Por cierto, ¿qué te parece eso? ¿Puede ella tener algo que ver?

De su chaqueta, Bambridge extrajo un pequeño bloc de notas, el cual consultó antes de decir:

—Mariela Dogson. Una negra que vive en Peoria. Donaldson le tiene puesta casa allí. No creo que esté metida en esto.

—¿Una negra?

Bambridge se encogió de hombros.

—Bueno, pues también sabemos que ella no tiene nada que ver. ¿Qué más?

—Sabemos que son listos. Por ejemplo, no se cargaron al chófer ni a la niñera porque eso hubiera hecho intervenir a la bofia. Pero tampoco son profesionales. A Donaldson podrían haberle sacado bastante más. Supongo que son chorizos de poca monta que se lo han pensado mucho y lo han planeado bien. Escoria que está pasando un bache y quiere dar un golpe sonado, pero no tiene agallas para hacer algo grande de verdad. Tahúres, matones repudiados por alguna de las familias o macarras venidos a menos. Por eso nadie sabe nada: porque nadie se fija en lo que hace esa chusma.

En ese momento, llamaron a la puerta. Era Doc Martin, que entró con un ejemplar del *Chicago Tribune* doblado bajo el brazo. Tenía, como todos los hombres de Bonazzo, el insomnio tatuado en el rostro.

—¿Qué hay, Doc? —preguntó Bonazzo.

—Nada, jefe —dijo Martin desdoblando el periódico y abriéndolo por la sección de Sucesos—. Puede que sea una tontería, que no tenga nada que ver con todo esto, pero me ha llamado la atención.

Puso el periódico sobre el escritorio, señalando la noticia que había despertado su interés. Una simple columna de sucesos que daba cuenta del hallazgo de un cadáver a muchas millas al norte de Chicago. Pero el cadáver era de alguien a quien Doc y Bambridge conocían bien y que hasta el propio Bonazzo había oído mencionar en alguna ocasión. Bonazzo le pasó el periódico a Rudy.

—Hablando de escoria sin agallas —dijo este, tras echar un rápido vistazo a la columna y reconocer el nombre de Douglas—. Un puto estafador. Solía hacer el timo corto: el de veinte, el tat y cosas así.

—Trabajaba con Vinnie *el Cojo* —añadió Doc—. Yo mismo los saqué a patadas del Loop's hace un par de meses. Estaban intentando hacerle la prisionera española a un cliente de los buenos.

Rudy Bambridge miró hacia la ventana, tras cuyos cristales la lluvia había borrado de pronto la ciudad. Se levantó y se estiró la chaqueta, antes de abrochársela para ocultar la culata de la Colt 1911 que pendía de su sobaquera.

—Doc, llama a Cerruti —ordenó, tomando su sombrero—. Vamos a hacerle una visita al amigo Vinnie.

PIE DE CALLE

El Lincoln-Zephyr Continental rojo de Doc Martin no era el tipo de coche que pasara desapercibido en un barrio como aquel, más que un barrio, un viejo conjunto de míseras casuchas entre campos baldíos y escombreras improvisadas en solares desolados, un suburbio de arrabales que la Ciudad del Viento[1] aún se resistía a tragarse en su paroxismo fagotizador de las últimas décadas. Además, había dejado de llover. Por eso lo dejaron a la entrada del vecindario.

Giuseppe Cerruti se puso al frente de la extraña comitiva. Era él quien sabía exactamente cuál era la casa donde solía parar Vinnie. Aparte de eso, su principal utilidad eran sus músculos y su lealtad inquebrantable a Bambridge. Cerruti padecía acromegalia y corría la leyenda de que tenía los testículos del tamaño de manzanas Golden. Con las muñecas pegadas a ambos lados de la cintura, el gigante avanzaba decidido y garboso, balanceando sus enormes hombros cargados, como si llevara pesas de 100 libras como hombreras. Él siempre había pensado que esa forma de andar era elegante, pero a algún gracioso del Loop's le había parecido algo afeminada y, sin poder evitarlo, acabó siendo bautizado con el mal nombre de *Isadora*. Por supuesto, todos se cuidaban mu-

---

1. La ciudad de Chicago es conocida, coloquialmente, como «*Windy City*», la ciudad del viento. (*N. de los traductores*).

cho de dirigirse a él utilizando ese apelativo, pero sabido era que así se le llamaba y, teniendo en cuenta que la mala uva de Giuseppe era inversamente proporcional a su inteligencia, la gente se lo pasaba en grande acusándose entre sí de haberlo llamado de esa manera.

Detrás de él, el paso de Doc Martin era más tranquilo, aunque se había metido la mano en el bolsillo de la chaqueta y no la apartaba de su pequeña Dickson. Martin siempre prefería calibres pequeños porque, según decía, era mejor darle ocho tiros a un tío para cargártelo que cargártelo cuando solo pretendías herirlo.

Tras ellos, Rudy caminaba con las manos metidas en los bolsillos de sus pantalones, silbando algo que se parecía lejanamente a una canción de Rodgers y Hart.

Por el camino se les cruzaron un grupo de chiquillos que a esas horas debería haber estado en el colegio, un perro tiñoso, una vieja que arrastraba un carrito repleto de trastos inútiles. Lejos de refrescar el ambiente, la lluvia había dejado un hedor a podredumbre denso y pegajoso.

De pronto, al final del último grupo de casas, Cerruti se paró ante un terreno plagado de malas yerbas. En medio de este había una casa de madera de una sola planta que no había sido pintada desde los tiempos de Woodrow Wilson. En esa época debió de ser blanca. Ahora era de un indefinido color gris, que la lluvia reciente había oscurecido en grandes lamparones costrosos.

—Ahí es, Rudy —dijo Giuseppe—. ¿Qué hacemos? ¿Llamamos?

—Claro, Giuseppe. Si quieres le telefoneamos primero, por si molestamos —dijo Doc con sarcasmo, acercándose sigilosamente a la entrada principal.

—¿Tiene puerta trasera? —le preguntó Rudy. A Cerruti le gustaba Rudy porque siempre lo trataba con suavidad.

—Creo que sí.

—Pues será mejor que la cubras.

Antes de marcharse a rodear la casa, Cerruti se paró un momento y preguntó:

—¿Tú crees de verdad que Vinnie anda metido en esto?

Rudy se rascó la parte de la coronilla que el sombrero le dejaba al aire.

—Bueno, no lo sé, chico. Pero es mejor entrar pisando fuerte.

—Como tú digas, Rudy.

Rudy se situó en el porche, junto a Doc, quien empuñaba su pistolita con discreción, y le hizo un gesto para que entrara tras él. Muy lentamente, separó la puerta mosquitera y comprobó que el cerrojo de la puerta estaba echado. No parecía haber ninguna ventana abierta, al menos en ese lado de la fachada, así que sacó su juego de ganzúas y con no demasiado esfuerzo, hizo saltar el pestillo.

El hedor a fruta podrida le golpeó la nariz y la miseria le atizó en la mirada, pero no se concedió ni un segundo para pensar en ello. Enseguida se halló en medio del salón y le señaló a Doc la puerta de atrás, para que la abriera. Justo en ese momento comenzó a llover nuevamente, con la misma furia que antes. Pero el fino oído de Rudy ya había identificado unos sonidos al fondo de la casa. A su espalda escuchó los pasos de Doc y de Cerruti, que habían entrado en la vivienda y se habían hecho una rápida composición de lugar, registrando la cocina y el único dormitorio. Él continuó caminando lentamente en busca de la fuente de aquel golpetear rítmico, rápido, que no llegaba a ser aún un traqueteo, pero que iba camino de serlo. Al fin descubrió la puerta entreabierta y la abrió con sigilo. Encontró lo que esperaba, pero no deseaba encontrar. En la cama, el asqueroso trasero de Vinnie *el Cojo* subía y bajaba sobre el cuerpo infantil atado a la cama de pies y manos. Sintió arcadas, pero su mirada, entrenada para analizar los detalles con frialdad, registró enseguida la escopeta recortada en el suelo, al alcance de Vinnie. Así que procuró entrar con sigilo y situarse a su espalda. Logró hacerlo, pero no tuvo tiempo de más, porque, justo en ese momento, Giuseppe y su colosal humanidad irrumpieron en el cuartucho.

Todo ocurrió rápidamente: el grito de horror e ira de Cerruti, los dos enormes pasos que dio desde la puerta hasta el lecho, la forma en que aferró la camisilla de Vinnie y tiró de él hacia arriba para incorporarlo hasta que quedaran frente a frente, el mazazo de su puño hundiéndose contra su cara, el intento de Doc de agarrarlo y el codazo que se llevó en la cara, el cual le impulsó hacia atrás, le hizo tropezar con la bacinilla y caer de culo sobre el charco de orín mientras Cerruti descargaba una y otra vez contra el rostro de Vinnie, que ya ni siquiera estaba consciente.

A Rudy le costó un poco controlar la situación, calmar a Giuseppe, convencerlo de que lo necesitaban vivo si querían ajustar las cuentas a todos los que habían participado en aquello, conseguir que Doc y él no llegaran a las manos, lograr que se llevaran a aquel cerdo a la otra habitación y que lo dejaran solo con la chica.

Cuando esto ocurrió, lo primero que hizo fue volver a bajarle la falda del vestido, para cubrir su sexo manchado de sangre y semen. Aquel hijo de mala madre se lo había pasado en grande con la niña. Aunque no solía dejarse cegar por la pasión, Rudy se prometió a sí mismo que se lo haría pagar con creces. Después le habló a la chica, mientras le quitaba la venda de los ojos y cortaba, con su cortaplumas, las ligaduras. Le dijo palabras tranquilizadoras. Le dijo que ya estaba, que todo iba a estar bien, que él era amigo de su padre y que había venido a rescatarla. Que ahora se encontraba a salvo de aquellos hombres y que no volvería a verlos nunca. Jamás. Jamás de los jamases.

La chica, al notar libres sus extremidades, se hizo un ovillo, de cara a la pared. Permaneció así, en posición fetal, temblando, un flaco bulto blanco y trémulo del que procedían unos sollozos muy tenues, pero constantes. Dio un respingo cuando Rudy, sentado al borde y de la cama, le puso suavemente una mano en el hombro para tranquilizarla, pero, finalmente, permitió que la mano se quedara allí.

—Todo está bien, Mara —le decía Rudy—. Todo está bien, pequeña. Vamos a llevarte con tu papá. No te preocupes por nada. Yo me llamo Rudy y soy amigo de tu papá. Y también soy tu amigo. Y, conmigo, han venido otros amigos. Ellos van a llevarte a tu casa, con papá. ¿Quieres irte a casa, Mara? Seguro que sí, ¿verdad, hija? Bueno, pues no te preocupes. Mis amigos te van a llevar a casa y ya verás cómo pronto te olvidas de todas estas cosas malas, pequeña.

Rudy no tenía demasiada experiencia consolando a la gente y, además, sabía que mentía. Sí, sabía que Mara no olvidaría jamás lo que le había ocurrido. Que aquel cabrón de Vinnie *el Cojo* y su rostro brutal acompañarían a Mara durante el resto de su vida, que cada vez que cerrara los ojos estaría ahí, que cuando ella estuviera a punto de dormirse o de despertarse, aquella mala bestia volvería para arremeter nuevamente contra ella una y otra y otra vez con su miembro mugriento. Pero algún efecto benéfico debieron de tener sus palabras, porque, poco a poco, la muchacha fue dejando de temblar y se sumergió en un estado de letargo, similar al sueño de un felino.

Rudy Bambridge salió de la habitación con sigilo, procurando no pisar los meados. Se dirigió al dormitorio, donde

Giuseppe y Doc estaban terminando de atar a Vinnie a una silla. La cara de Vinnie era un mapa de dolor que ya comenzaba a hincharse y amoratarse, con salpicaduras de sangre oscura que, partiendo de las fosas nasales le cubría la boca, la barbilla y el pecho. *El Cojo* comenzaba a intentar abrir los ojos, a intentar entender qué demonios había pasado.

Con un lento meneo de cabeza, Rudy mostró su aprobación al trabajo de los chicos, que habían inmovilizado completamente a Vinnie después de subirle los pantalones. Con las manos atadas atrás con soga y las piernas fijadas a cada una de las patas delanteras de la silla, *el Cojo* solamente podía mover la cabeza.

—Doc, ve a por el coche. Toca el claxon una sola vez y quédate ahí con el motor en marcha.

Mientras Doc salía, intentando adecentarse la ropa y, buscando, al mismo tiempo, las llaves, Rudy se dirigió a Giuseppe:

—Sé que quieres acabar con él. Pero para todo hay tiempo. Ahora necesito solo que lo vigiles. ¿De acuerdo?

—No ha estado bien lo que le ha hecho a la niña, ¿verdad, Rudy? —Giuseppe hablaba plantado ante *el Cojo*, pero miraba al suelo, como si quisiera evitar enfrentarse a su visión directa para no montar nuevamente en cólera.

—Pues claro que no, Giuseppe.

—Hacerle eso a una criatura... No, no ha estado bien. Debería pagarlo, Rudy. Debería pagarlo.

—Lo pagará, Giuseppe. Te lo prometo. Pero, por el momento, no hagas nada, ¿vale?

Cerruti se limitó a sacudir la cabeza adelante y atrás un par de veces. Cuando Bambridge estuvo más o menos seguro de que Giuseppe no haría de las suyas, fue al salón y marcó el número de Bonazzo.

—Dime que hay buenas noticias —dijo Bonazzo en cuanto se identificó.

—Sí y no. —Hubo una pausa incómoda, un cese de la respiración de Bonazzo, un carraspeo de Rudy antes de continuar hablando—. Para empezar, la chica está viva y no tiene nada roto. Diez dedos en las manos y diez dedos en los pies.

—Bueno, Rudy, eso ya es una buena noticia... —dijo Bonazzo con alivio.

—Sí. Esa es la parte buena.

—¿Y la mala?

—La mala es que por dentro no está igual. La violaron, Connie. Ese bastardo del *Cojo* estaba sobre ella cuando llegamos.

Al otro lado del hilo se hizo un silencio cargado de ira y asco. Luego, antes de hablar, Conrado Bonazzo sopesó todas y cada una de las palabras que pronunció con demoledora lentitud, a continuación:

—Quiero que ese hijo de perra tenga una muerte lenta y dolorosa. Quiero que le arranques uno a uno los cinco miembros mientras aún está vivo y que, cuando todo acabe, cada trozo de su carne sirva para alimentar a los peces del río Chicago en un barrio distinto.

—Nada me hará más feliz, Connie. Pero todavía no puede ser.

—¿Por qué?

—Aquí no está el dinero.

—¿Estás seguro? ¿Lo has buscado?

—No me hace falta. Piensa un poco. Si *el Cojo* hubiera pillado la pasta, no se hubiera quedado aquí esperándonos. O hubiera soltado a la chica o se hubiera deshecho de ella hace horas. No. Me da la impresión de que hay alguien más en el asunto, alguien que se cargó a Douglas y salió por pies con el rescate, dejando tirado a Vinnie.

Bonazzo se alegró, como hacía al menos un par de veces

al mes, del día en que conoció a Bambridge y le ofreció trabajar con él.

—Está bien, chico. Sácaselo todo.

Justo en ese momento, por encima del ruido de la lluvia se hizo escuchar el claxon del Lincoln de Doc Martin.

—Eso haré. Los chicos salen ahora mismo para casa de Donaldson con la niña. Avisa a un médico, alguien de confianza... Dick Merryn estará bien.

—Lo que tú digas, chico —dijo Bonazzo antes de colgar.

Rudy era el único hombre de quien Bonazzo consentía recibir instrucciones. Nunca se había arrepentido de ello y no iba a empezar ahora. Llevaba en los negocios el tiempo suficiente para saber que convenía tener a alguien como Rudy al pie de la calle y seguir sus indicaciones cuando fuera menester.

MORIR PRIMERO

Les costó conseguir que Mara se dejara transportar al coche por Giuseppe. Se echaba a temblar cada vez que él se acercaba y no les apetecía, dadas las circunstancias, emplear la fuerza. Rudy le explicó suavemente que aquel era su amigo Giuseppe Cerruti, que también era amigo de su papá y que era quien la había salvado de aquel hombre, el cual no volvería a molestarla. Pero la chica continuaba vuelta hacia la pared, en posición fetal, sollozando y sin decir ni una palabra. Entonces, para sorpresa de Rudy, Giuseppe le hizo callar con un gesto y se dirigió directamente a la niña.

—Señorita Mara —dijo el gigante—, yo tengo una hija de su edad. Y la voy a tratar como si fuera usted mi propia hija, como la trata a usted su papá, el señor Donaldson. Le diré lo que vamos a hacer: como hace frío, el viejo Giuseppe la envolverá a usted en una manta y la llevará al coche de mi amigo Doc. Y luego mi amigo Doc nos llevará a los dos con su padre, señorita. Él la está esperando y está muy preocupado por usted. Y yo lo comprendo, porque yo también estaría preocupado en su lugar. Usted ni siquiera tiene que levantarse. El viejo Giuseppe la llevará. ¿Qué me dice, señorita Mara? ¿Dejará que el viejo Giuseppe la lleve con su papá?

De pronto, algo estalló en el interior de la chica. Dio un sollozo largo y agudo, un gritito indescriptible que evidenciaba que algo se le había roto por dentro. Rudy casi se asustó.

Cerruti, en cambio, se limitó a poner su manaza sobre la cabeza de la chica y comenzó a acariciale el pelo mientras chasqueaba la lengua y repetía con suavidad:

—Ya está, señorita... Ya está... Giuseppe la llevará con su papá. Ya está...

Poco a poco, la niña se fue tranquilizando, a medida que Cerruti la arropaba con la sucia manta y la iba envolviendo hasta hacer una especie de paquete que, por último, cargó entre sus brazos. Rudy admiró profundamente al hombretón, en cuyo pecho se ocultó el rostro lloroso de la niña. Con una palmada en el hombro le indicó que podía irse, al mismo tiempo que le mostraba su satisfacción.

—Dejadla en casa y luego volved a por mí —ordenó.

Rudy dedicó unos segundos a pensar en la profunda expresión de tristeza que había en la mirada torva de Cerruti. Después prefirió olvidarla y centrarse en el trabajo.

En el dormitorio, *el Cojo* había recuperado completamente la consciencia. No había nacido ayer y sabía que, dadas las circunstancias, cuanto menos ruido hiciera, mejor le iría. Pero cuando Rudy Bambridge se quitó el sombrero y la chaqueta y los colgó del perchero que había tras la puerta, supo que ya nunca nada le iría *mejor*. Y, por si le quedaba alguna duda, Rudy Bambridge se plantó ante él y esbozó una sonrisa cínica al decir:

—Bueno, bueno, bueno, Vinnie... Aquí estamos. Tú y yo solos. No te voy a mentir: de esta no sales. Voy a matarte y a despedazarte. Pero de ti depende el orden en que haga esas dos cosas. Si me cuentas lo que quiero averiguar, te mataré primero.

—Colaboraré, Rudy. Te diré lo que quieras —sollozó *el Cojo*.

Alzando la palma de la mano, Rudy le hizo callar.

—Chico, tranquilo... Aún no te he preguntado nada. —Se paró un momento y se rascó la cabeza, como si se esforzara en recordar algo—. Caray, Vinnie, siempre lo olvido... ¿Cuál es tu pierna mala? ¿La derecha o la izquierda?

—La derecha.

Nada más escuchar esto, con velocidad vertiginosa, Rudy desenfundó su pistola, la despojó del seguro y le descerrajó un tiro en la rodilla izquierda.

Por entre los gritos de dolor de Vinnie, se escuchó la pregunta, hecha en el mismo tono aparentemente afable.

—¿Estás seguro de que es la derecha?

—Por Dios, Rudy, por lo que más quieras... Te diré todo... Yo solo tenía que cuidar a la chica... Solo eso...

—¿Quién más estaba en el asunto?

—Danny. Danny Morton... Esa puta rata de Daniel Morton. ¿Lo recuerdas? Ese macarra enano que paraba por el Loop's. La idea fue suya. Vino un día y nos comió el coco a Walter y a mí. Decía que sería algo rápido, que Donaldson aflojaría el percal a la primera. Y vaya si lo aflojó... Pero el muy cerdo nos ha jodido bien.

—¿Quién más?

—Nadie más.

Rudy volvió a amartillar el arma y apoyó el cañón en la entrepierna de Vinnie.

—¿Seguro? Piensa. Alguien de dentro: una criada, el chófer, alguien que les diera información. ¿No habló Douglas de ningún contacto dentro de la casa o algo así?

—No, Rudy... No... No lo hagas... Que yo sepa, no... Morton decía que no... Decía que había estado mucho tiempo espiando a Donaldson... Que había averiguado que el viejo tenía una amiguita y que iba a verla cada quince días...

A Rudy le satisfizo la respuesta. Su siguiente pregunta fue

dónde estaba Daniel Morton. Entonces, Vinnie lo miró con asombro, casi con rabia.

—¿Crees que si yo lo supiera estaría aquí? Ese hijo de una gran y asquerosa perra se ha cargado a mi socio y se ha largado con veinte de los grandes...

Rudy comprendió que se había pasado de listo. Lo que decía *el Cojo* tenía una lógica aplastante. Sin más, volvió a enfundar la pistola en la sobaquera y salió de la habitación.

Vinnie ya no sentía su propia cara, que se había convertido en una especie de almohadón tumefacto. Todos sus sentidos estaban puestos en el dolor de la rodilla, que no paraba de sangrar y le quemaba hasta los límites del desmayo. Apenas veía, pero sí que podía escuchar. Y escuchó a Rudy, trasteando por la casa. Primero entre los utensilios que él guardaba en el cajón de la mesa de la cocina. Después en la alacena. Finalmente, oyó el sonido metálico y familiar de su propia caja de herramientas. Esos ruidos cesaron y fueron sustituidos por el de los pasos de Bambridge, regresando al dormitorio. Pero, esta vez, traía un enorme cuchillo, un trapo para el polvo y un hacha, que dejó sobre la cama, arremangándose la camisa. Luego, sin mediar palabra, introdujo el trapo en la boca de Vinnie y lo fijó, atándole alrededor de la cara su propio pañuelo.

—Antes te dije que te mataría y te despedazaría, ¿verdad?

Vinnie asintió.

—Y te dije que si hablabas, te mataría primero, ¿verdad?

Vinnie volvió a asentir con resignación, casi con agradecimiento. Entonces, como si Lucifer se hubiera apoderado de él, los ojos de Rudy dejaron de ser castaños y se tornaron de un color amarillento, casi dorado, cuando dijo:

—Te mentí.

LA RUBIA QUE HACE
EL NÚMERO DE LAS PLUMAS

Conrado Bonazzo se consideraba un tipo justo. Cuando un hombre se merecía un trago, se lo merecía. Y, en ese momento, decidió que su chico se merecía un trago. De un cajón de su escritorio sacó una botella de Canadian Club y dos vasitos, en los cuales escanció sendos lingotazos. Empujó uno de los vasos hacia Rudy, que lo cogió entre dos dedos bajo cuyas uñas aún debían quedar (pensó Bonazzo) restos de la sangre de Vinnie *el Cojo*.

El brindis se limitó a un simple gesto, antes de que ambos vaciaran sus vasos de un trago. Después el jefe volvió a servir. La segunda copa la saborearían mientras charlaban.

—¿Cómo está la chica? ¿Qué ha dicho Merryn? —preguntó Rudy Bambridge.

—Dentro de lo malo, no está de lo peor. Estaba en estado de calcetín.

—¿De calcetín?

—Sí. En estado de calcetín. Lo llaman así, ¿no?

Rudy frunció el ceño. Finalmente, entendió que su jefe se equivocaba.

—De choque. Estado de choque, Connie[2].

—Bueno, eso, de choque. Supongo que tendrá que verla

2. Juego de palabras intraducible entre *sock* (calcetín) y *shock* (choque). (*N. de los t.*)

un loquero y todo eso. Pobre chica... ¿Qué clase de hijo de mala madre es capaz de hacerle eso a una cría, Rudy?

—No te preocupes más por eso. Ese bastardo de Vinnie ya tiene su merecido.

—¿Cumpliste el encargo?

—Al pie de la letra. Te aseguro que tuvo tiempo de arrepentirse. Los chicos están ahora de paseo, dándole de comer a los peces de todo el condado.

Bonazzo asintió con satisfacción.

—Ahora quedan los cabos sueltos —añadió Bambridge, sacando su bolsa de picadura y su librito de papel de fumar.

—¿Qué sabemos de Morton?

—Es una comadreja de Detroit. Vino para acá hace unos años. Un chulo de poca monta. Alguna vez hizo algún trabajito con los chicos, cantando el agua o conduciendo. Pero, en general, vivía de una chica, una tal Lorna, que paraba por el Loop's.

Bonazzo se rascó la barbilla mientras hacía memoria.

—La recuerdo. Tenía un revolcón.

—Según me han dicho, sí. Yo estaba en Europa. No llegué a conocerla. Lo dejó tirado hace un par de años y salió corriendo, probablemente a casa de mamá. Por lo que he averiguado, desde entonces Morton no ha levantado cabeza.

—¿Tú crees que se ha vuelto a Detroit?

Rudy no contestó inmediatamente. Había acabado de liar su cigarrillo. Lo encendió y dio una primera calada. Luego se levantó, cogió su vaso y avanzó hasta la ventana. Desde allí observó el trasiego de la avenida Michigan, adonde Bonazzo había trasladado su oficina hacía unos años, tras asociarse con Donaldson, ambas cosas en un intento infructuoso de dar a sus negocios un aire de respetabilidad. Al norte, en Congress

Plaza, nativos y turistas se combinaban en un pastel de *tutti fruti* que a esas horas, las primeras de la tarde, olería a emparedados recién ingeridos.

—No lo creo —dijo finalmente—. He llamado a un contacto que tengo allí, un poli de narcóticos. Por lo visto, Morton no es muy apreciado en los ambientes. Parece ser que le hizo una faena a quien no debía.

Rudy hizo una mueca, volvió a fumar, vació su vaso y lo dejó en el vano de la ventana. Solo después se volvió hacia Bonazzo.

—La chica. Esa tal Lorna. Puede que haya averiguado dónde está. Por lo que sé, estaba muy colado por ella. El problema es que no sabemos adónde pudo largarse ella.

Bonazzo volvió a asentir, esta vez con resignación. Luego, una luz repentina iluminó sus negros ojos italianos.

—La rubia. —Ante el gesto de incomprensión de Bambridge, se apresuró a aclarar—: La rubia que hace el número de las plumas en el Loop's. Creo que eran muy amigas, según recuerdo. Andaban siempre juntas.

Ambos hicieron, a continuación, el mismo gesto: consultaron sus respectivos relojes.

—En el Loop's todavía no hay nadie —dijo Rudy.

Sin embargo, Bonazzo ya había descolgado el teléfono y marcaba unos números. Tras unos segundos, alguien contestó al otro lado.

—¿Dicky?... Soy yo... La rubia que hace el número de las plumas en el club... Sí, esa, Velma Queen... ¿Dónde vive esa chica?

Cinco minutos más tarde Rudy salió del edificio donde estaba la oficina de Bonazzo e Hijos Import-Export y se dirigió hacia su Packard, estacionado, como siempre, en la calle de atrás. Llevaba en su bolsillo un trozo de papel en el cual

Conrado Bonazzo había anotado la dirección facilitada por Dick James, el encargado del Loop's. Se metió en el coche, arrancó y dobló la esquina de la avenida Michigan, incorporándose al tráfico, en medio del cual no distinguió el Pontiac gris que había comenzado a seguirle.

MUNDOS MUY DIFERENTES

Hacía quince años que Tom y Helen Hidden regentaban su negocio y, desde que un día se presentó con cara de hambre pidiéndoles trabajo, se comportaban con Lorna, si no como unos padres, sí como una pareja de tíos que cuidaban con gusto de su sobrina predilecta.

Los Hidden, como Lorna, no tenían pasado. O tenían demasiado como para que quisieran que se supiese algo sobre él. Habían llegado a Marksonville desde Baltimore, aunque nadie sabía de dónde eran exactamente. Sin embargo, no tardaron en ganarse la confianza local, en parte por la simpatía de Helen, en parte por la serena firmeza de Tom.

Lorna no sabía qué hubiese acabado siendo de ella de no encontrárselos en su camino. No solo le habían dado trabajo, sino que habían mediado con Miss Vanneson para que la alojara y la habían ayudado a adaptarse al ritmo local. Y siempre sin preguntarle nada acerca de sus tiempos en Chicago, aunque no eran tontos y sabían que, cuando recaló en este puerto de secano (como solía llamarlo Helen), Lorna intentaba dejar atrás una mala época. Por su parte, ella siempre correspondió a ese buen trato con responsabilidad y afecto. Viéndolo retrospectivamente, el año y medio que llevaba viviendo en Marksonville había sido la mejor época de su vida.

Mientras tomaba y servía pedidos, Lorna se repetía una y otra vez que no debía haberse citado con Daniel en el Amberson. Sin embargo, luego se decía que si tenía el teléfono del local, bien podía disponer también de la dirección y podría presentarse allí en cualquier momento, hacer de las suyas, montarle un numerito. Así que, al fin y al cabo, había elegido el menor de los males, aunque, en el fondo, fuera un error. Igual que había sido un error todo lo que la relacionaba con Daniel.

Recordó a la chiquilla que era cuando conoció a Daniel Morton. Una chiquilla estúpida e ingenua que había abandonado su Mercury Falls natal y se había dejado deslumbrar por las luces de la avenida Devon y la avenida Broadway que iluminaban las cartas que Velma, su amiga de la infancia, le escribía desde Chicago. Ya en sus tiempos de la escuela superior, ambas chicas habían descubierto que una figura y una cara bonitas podían intercambiarse por regalos y dinero. Pero, según Velma, los palurdos de Mercury Falls no eran ni la mitad de generosos que los «caballeros adinerados» del distrito financiero, entre los cuales podría, incluso, encontrar un protector estable y cariñoso. Así fue como Lorna Moore llegó a la Ciudad del Viento, con sus dos mejores vestidos y el anuario del instituto metidos en una maleta. Durante un tiempo, compartió habitación con Velma. Luego, pese a que se conocían desde niñas y se querían como hermanas, hubieron de aceptar con resignación que, en la práctica, aquel cuartucho era demasiado pequeño para dos mujeres que se contoneaban tanto. Más o menos por esa época apareció Danny, con sus aires de hombre de mundo, sus trajes a rayas y una sempiterna dosis en el bolsillo.

Por supuesto, Lorna no tardó en descubrir que todo aquello no era más que humo. Pero le costó entender que Danny, al contrario de lo que le decía en sus íntimos discursitos, no era su protector, sino, antes bien, su protegido. Y cuando llegó el día en que no solo hubo de venderse por ella, sino para costearle a él aquellos negocios que siempre fracasaban, comenzó a plantearse hacia dónde se dirigía la corriente del río de su vida. Le costaba recordar exactamente cómo fue, cómo llegó a tomar aquella decisión, cuánto tiempo pasó entre el momento en que la tomó y el día en que la llevó a cabo. Solo recordaba que había salido de Chicago un domingo por la mañana, llevando en el bolsillo 50 dólares que Velma le había prestado. No sabía adónde iría, pero sabía que tendría que ser muy lejos y que, por supuesto, volver a Mercury Falls no era una opción. Un autobús la condujo lo más lejos posible. Después, fue de pueblo en pueblo, de ciudad en ciudad, recorriendo Illinois, Iowa y Dakota del Sur en camiones cuyos conductores algunas veces la invitaban a comer y otras se limitaban a darle un paseo. Rara vez pagaron en metálico, pero nunca dejaron pasar la oportunidad de disfrutar de ella más allá de la compañía y la conversación. Nunca, salvo en un caso: un irlandés corpulento de mediana edad que la recogió a las afueras de Rapid City. El irlandés pelirrojo cuyo encuentro cambiaría su suerte.

El hombre, según dijo, se dirigía a Manitoba, en Canadá, y cruzaría, por tanto, las dos Dakotas. Era parlanchín y paternalista, pero hablaba con amabilidad y educación, con la perspectiva que otorga no solo haber visto el mundo, sino haber sabido leer en él. Le gustaba su trabajo. Le gustaba conducir horas y horas y fijarse en los contrastes entre los paisajes, que él, con su camión, atravesaba como si los rasgara por la mitad con un cuchillo. Se sentía libre. Lorna no recordaba su nombre, pero el hombre le contó que tenía una hija de más o menos su edad. Le contó que su hija era una buena chica, que estaba estudiando para ser maestra. «Hay que estudiar, señorita», dijo el irlandés. «Hay que estudiar porque es la única forma de ser libre. Aparte de conducir un camión. Cuando uno llega a mi edad, es fácil darse cuenta de que eso es lo único realmente importante en la vida: la libertad». Fue ese camionero quien paró en Marksonville y, de pronto, la miró blandamente, antes de decirle: «Señorita: yo voy a continuar. Si usted quiere, puede seguir conmigo. Pero este es un sitio respetable. Un lugar tranquilo donde hay buenas personas. Y las buenas personas no abundan. Probablemente usted pensará que estoy metiendo las narices donde no me llaman, pero sospecho que usted, hasta ahora, no ha dado con demasiadas buenas personas. Hágame caso, hija: bájese aquí e intente echar raíces. Recorrer los caminos está bien, pero solo si tenemos un hogar al que volver.»

Aunque no retuvo su nombre, Lorna no había olvidado sus palabras y, con frecuencia, se acordaba de él, buscando su rostro en las cabinas de los camiones que pasaban por la ciudad. Le hubiese gustado volver a encontrárselo, mostrarle que había seguido sus consejos, que tenía un trabajo honrado y que hacía, en una academia de Rapid City, estudios de secretariado comercial. Que estaba, en suma, intentando echar raíces, que no le iba mal y que todo eso debía agradecérselo a su encuentro con él. Sin embargo, el pelirrojo nunca volvió a asomar su redonda cara de luna por Marksonville.

Esa noche, mientras esperaba a que dieran las diez, volvió a acordarse del pelirrojo y se preguntó qué hubiese opinado él de la situación, qué consejo le habría dado. Finalmente, a la hora en que despedían a los últimos clientes y se afanaban en la limpieza, determinó que difícilmente su irlandés hubiera podido aconsejarle acerca de qué hacer con Daniel Morton, ya que Morton y el irlandés pertenecían a mundos muy diferentes: en la sincera y amable cordialidad del camionero, la sórdida y tramposa suciedad de Danny era, sencillamente, inconcebible.

Cuando Tom Hidden esperaba a que el suelo de la cocina se secara, tomando su acostumbrado Dr. Pepper, Lorna paró un momento de barrer y le dijo que tenía que pedirle un favor.

—Tú dirás —invitó Tom.

—¿Podrías prestarme la ranchera esta noche?

Helen, que hacía las cuentas junto a la caja, paró un momento de contar monedas y la miró tan extrañada como su marido. Que Lorna les pidiera prestada la ranchera no tenía nada de raro. Helen no conducía y Tom prácticamente la utilizaba solo para ir a buscar mercancías. De ordinario, prefería su vieja motocicleta Indian Scout. De hecho, solían prestarle la Ford a Lorna un par de veces a la semana, cuando tenía clases en la academia. Incluso, en alguno de sus días libres, se la habían prestado para que pudiera ir de compras o al cine en Rapid City. Lo extraño era que les pidiera ese favor sin avisarles previamente y, sobre todo, para usarla por la noche. Así que Tom Hidden intercambió con su mujer una mirada de curiosidad, dio un trago a su refresco y le preguntó:

—¿Esta noche?

Lorna asintió, haciendo revolotear su mirada por la parte baja de la barra.

Tom volvió a consultar a Helen con los ojos y esta asintió, no sin plegar los labios en un mohín de duda. Por un momento, pareció que Tom iba a decir algo, pero se limitó a buscar en su bolsillo las llaves del vehículo y a entregárselas a Lorna.

—Ya sabes dónde está —dijo, levantándose y finiquitando su refresco, antes de encaminarse nuevamente a la cocina.

—Gracias, Tom.

—No se merecen, hija —repuso Tom Hidden sin volverse.

Cuando se quedaron solas, Helen le preguntó a Lorna si tenía algún problema.

—Sí, pero uno pequeño.

—¿Un hombre?

—Sí, pero uno pequeño —repitió Lorna, sonriéndose mentalmente, no sin algo de tristeza—. Un asunto del pasado, que debo solucionar.

Por sobre el montón de monedas, Helen dio unas palmaditas en la mano que Lorna tenía apoyada en la barra.

—Querida, no dejes que te líen. A los hombres no hay que darles segundas oportunidades. Si no se han portado como debían a la primera, no van a hacerlo a la segunda.

—Lo sé, Helen. Y no pienso dársela. Pero ha aparecido de repente y es muy obstinado. Un verdadero pelma. Sería capaz de venir aquí y montar un escándalo.

—¿Dónde está?

—Se aloja en un motel de las afueras. El Amberson.

Helen pensó unos instantes. Luego preguntó:

—Querida, ¿quieres que te acompañemos Tom y yo?

Los ojos de Lorna se redondearon. Evidentemente, no se le había ocurrido esa posibilidad.

—Entiéndeme bien, cielo: no queremos entrometernos en tus asuntos. Y sé que sabes cuidarte tú solita. Pero si necesitas que haya alguien ahí, por si ese tipo se pone muy pesado...

Lorna lo sopesó unos instantes, pero concluyó que sería mejor no involucrar a los Hidden en aquel asunto.

—Muchas gracias, Helen. Pero ya me las arreglaré. Será cosa de un momento. Ir y venir. No te preocupes.

—Bueno, hija, como prefieras. Pero ya sabes que cuentas con nosotros para cualquier cosa que necesites —dijo Helen volviendo a palmearle la mano.

Esta vez, Lorna puso su otra mano sobre la de Helen y la retuvo afectuosamente, sonriéndole con agradecimiento.

SI ARDE LA CASA DE TU VECINO

Rudy Bambridge recordaba haber visto alguna vez el número de Velma Queen, una pelirroja de veintitantos algo rellena de caderas para su gusto, pero que sabía moverlas con estilo. Velma salía a la pista hecha un cisne, con plumas que la ocultaban desde las rodillas hasta el cuello y, a lo largo del número de baile se iba quitando pluma a pluma hasta quedar en escena como su madre la trajo al mundo, pero bastante más crecidita. El número finalizaba cuando Velma, dando la espalda al público, se arrancaba las dos últimas plumas, que cubrían sus generosas pero firmes nalgas. A los viejos verdes les encantaba. Durante el resto de la noche, la chica alternaba, sacaba copas a los clientes y se iba con alguno, o con varios, si era sábado o víspera.

No recordaba haber cruzado palabra con ella, pero le resultaba simpática. Una chica del sudoeste que sabía quién era, dónde estaba y cómo servirse de esos dos conocimientos para hacer negocio limpiamente y sin molestar a nadie. Pensando en esto, Bambridge subió las estrechas escaleras que conducían al apartamento de Velma y llamó a la puerta. Lo hizo con suavidad, utilizando los nudillos. Luego descubrió el interruptor del timbre y lo pulsó también un par de veces. Pegó el oído a la madera, comprobando que no había ningún ruido apreciable en el interior. Volvió a llamar una vez más. Si la chica estaba en casa, no quería asustarla. Era más conveniente intentarlo primero por las buenas. Pasados un par de minutos, se decidió a examinar la cerradura. La llave no estaba pasada. Sacó de su cartera una tarjeta de visita y la pasó por la rendija. El pestillo cedió dócilmente y la puerta se abrió con un chasquido.

El tufo denso, acre, penetrante, le hizo dar un paso hacia atrás. Conocía bien ese olor: era el olor de la muerte, cuando esta era inmisericorde y sin sepultura. Lo había percibido con frecuencia en el Frente. Así olían los chicos que la *Wehrmacht* dejaba abandonados en su huida y los civiles que habían caído antes, a manos de esos mismos chicos o de los B-17, para el caso era lo mismo: todos los muertos apestan igual, los mate quien los mate. Huelen a desperdicios y a cloaca, a una nube espesa en la que se entreveran la peste a tripas abiertas y a moho.

Se tapó la nariz con dos dedos y buscó su pañuelo, pero luego recordó que lo había utilizado en casa de Vinnie. Así que se resignó a taparse con la manga y entró, cerrando la puerta tras de sí. Movió el aire con su sombrero y buscó el interruptor de la luz.

La vivienda constaba de solo dos piezas. La primera era una especie de cuarto de estar que, evidentemente, también hacía las veces de cocina y comedor. En la segunda estaba el dormitorio, con una cama de cuerpo y medio sobre la cual, en bata y en medio de una enorme costra negruzca que debió de ser un charco de sangre, estaba lo que quedaba de Velma Queen. La bata estaba cerrada, pero las piernas se habían abierto lo suficiente para comprobar que no llevaba nada más puesto. En el rostro, en los ojos, había una expresión de sorpresa, como si Velma aún no se creyera que habían acabado con ella. Una mano aferraba la almohada. La otra se crispaba en dirección a la garganta, que no llegó a tocar. Bambridge necesitó solo un vistazo para saber que la habían degollado como a una cerda. Eso fue exactamente lo que pensó: como a una cerda. Inmediatamente después, perdió todo interés por el cadáver. Abrió la ventana y comenzó a revolver cajones y armarios. Quince minutos después halló lo que buscaba. O, al menos, creyó hacerlo. Una caja de zapatos, escondida bajo la cama, con cartas dirigidas a Velma firmadas por una tal L., que debía de ser una mujer, a juzgar por la caligrafía y la tinta violeta. La mayoría eran cartas muy breves y había, además, algunas tarjetas postales. Todas llevaban matasellos de un sitio llamado Marksonville, Dakota del Sur. En esa caja también encontró un sobre con una fotografía. Mostraba a una chica joven, vestida con uniforme de lavandera o de camarera, posando ante la fachada de un local, probablemente una casa de comidas, llamada Tommy's. En la foto no se apreciaba demasiado bien su rostro, pero tenía una bonita figura.

Las cartas estaban en desorden y solo una de ellas carecía de sobre. Además, en el interior de la caja, halló la huella de un dedo impresa con sangre. Supo, casi inmediatamente, que quien le había hecho el regalito a Velma era la misma persona que se había llevado el sobre que faltaba y que, tras hacerlo, había vuelto a poner la caja en su sitio. Hubiera sido más inteligente, se le ocurrió, llevarse todas las cartas y así evitar que pudieran seguirle el rastro. Pero quien había hecho eso no era el tipo más inteligente del mundo.

Con la caja bajo el brazo, echó una mirada al cadáver. Nadie se extrañaría por la ausencia de Velma. Aquellas chicas, en ocasiones, desaparecían durante muchos días, semanas enteras. Incluso, alguna vez, no regresaban nunca. Y, por supuesto, no habría una madre, un padre o un hermano que se preguntaran dónde andarían. Aparte del personal del club, solo se tenían las unas a las otras.

Así que, antes de marcharse, se permitió un pequeño gesto de piedad: metió un par de periódicos viejos en una olla, les prendió fuego y los puso junto a la ventana abierta. Después se marchó, llevándose la caja de zapatos. Su auto acababa de arrancar cuando dos o tres viandantes se detuvieron y señalaron la ventana de la que surgía la columna de humo. Rudy sabía que ese método nunca fallaba: la gente no acude cuando alguien pide auxilio, pero se alarma enseguida si sabe que hay fuego. Es lógico: si están matando a tu vecino, será mejor que mantengas el pico cerrado, pero si su casa arde también puede arder la tuya.

EL ÚLTIMO HIJO DE PERRA

Conrado no lo recibió sentado a su escritorio. Estaba en mangas de camisa y sin zapatos, estirado en el sofá. Los chicos de la puerta le advirtieron que el jefe estaba descansando, pero Rudy les dijo que era urgente. A Bonazzo no le molestó.

—Ni siquiera me había quedado dormido... —mintió.

Rudy le puso rápidamente al tanto de su visita a la finada Velma Queen. Le mostró las cartas y la fotografía. Le expuso su hipótesis.

—Nada perdemos con ir allá y echar un vistazo.

Bonazzo leyó en voz alta en uno de los sobres: «Marksonville, Dakota del Sur».

—Pasé por la biblioteca pública de camino hacia aquí. —Bonazzo le miró con sincero asombro. Rudy lo sorprendía constantemente—. Está en el condado de Pennington, al noreste de Rapid City, en el camino a Ashland Heights.

—¿Y qué coño es Ashland Heights?

—Un pueblucho de mala muerte. Este también debe de ser un sitio pequeño.

Conrado Bonazzo se calzó los zapatos, se puso en pie y anduvo hasta el centro de la habitación. Luego miró un momento al techo, se restregó los ojos y dijo:

—Muy bien, esto es lo que harás: irás allí y encontrarás el rastro de esa rata. Quiero que se arrepienta, como se ha arrepentido Vinnie. Pero también quiero te enteres de si alguien más sabía de este asunto. Esa ramera... por ejemplo. Si sabía algo, quiero que lo pague. Y si por casualidad lo sabía la zorra de su madre, quiero que también lo pague.

—De acuerdo.

—Y trae también el dinero, lo que no se hayan gastado.

—Ajá.

—Llévate contigo a quien quieras. Y si necesitas pasta, habla con mi sobrino.

—Necesitaré algo, para los gastos. Pero prefiero ir solo —dijo Rudy.

—¿Por qué?

—Es un sitio pequeño. Si me llevara a los chicos llamaríamos la atención como un oso en un jardín de infancia.

Rudy se levantó, volvió a meter las cartas en la caja y a ponerse esta bajo el brazo.

—Mantenme informado, Rudy. —Lo retuvo un momento, tomándole por el brazo hasta que quedó enfrentado a él. Entonces, dijo muy lentamente—: Quiero que llegues hasta el fondo de toda esta mierda, que des con el último hijo de perra que tuvo que ver con esto, que no quede rastro de ellos.

—Te llamaré cada día —contestó Bambridge.

—Buen chico —dijo Bonazzo, palmeándole la espalda mientras lo acompañaba innecesariamente a la puerta.

LA MEJOR TARTA
DE MANZANA DEL CONDADO

Rudy sabía cómo soportar la fatiga. Atravesó dos fronteras interestatales parándose solo a repostar, a comer algo cada seis horas y a descansar tres horas de cada ocho.

Aún no había llegado a Elgin cuando se percató de que en su retrovisor ya había aparecido en varias ocasiones el mismo Pontiac gris metalizado. No tardó en distinguir dos cabezas en el interior. Calculó posibilidades. La primera, que Bonazzo le hubiese hecho seguir por alguno de los muchachos, por si necesitaba una mano. Pero el único de los chicos que tenía un Pontiac era Lewis *el Leporino*, y el suyo era otro modelo, más moderno. También podía ser gente de Donaldson, aunque eso era poco probable: *ellos* eran la gente de Donaldson. No obstante, podía darse el caso de que Donaldson hubiese contratado detectives privados por su cuenta y riesgo. Otra posibilidad era que alguien, de las otras familias, hubiese tenido la misma idea que Bonazzo. Secuestrar a la chica Donaldson había tenido en el mundillo exactamente el mismo efecto que darle una patada a un avispero y había quien se había cabreado tanto o más que el jefe. Por último, se le ocurrió que se tratara de aves de rapiña, tipos independientes que persiguieran el botín.

Sin embargo, no sintió excesiva preocupación. En cualquiera de esos casos, quienquiera que fuesen los tipos del Pontiac, no harían nada antes de que él tuviera a Morton al alcance. Por otro lado, eran bastante torpes como para dejarse ver y, por tanto, resultaría sencillo prever sus movimientos. Así que hizo el camino tal y como había planeado, sin preocuparse demasiado por aquellos dos, preguntándose si serían capaces de aguantar su ritmo. Cruzó la frontera con Missouri por Davenport y atravesó el norte de ese estado por viejas y tortuosas carreteras hasta Sioux Falls. Allí se permitió una última siesta, que durmió dentro del coche, antes de continuar sin detenerse hasta Marksonville.

Al llegar, encontró lo que esperaba: una pequeña y serena población rodeada de granjas que salpicaban la pradera. Paró en un *drugstore*, compró unos caramelos y aprovechó para preguntar por algún sitio respetable para pasar la noche. Le recomendaron el Hotel Jefferson, a unas manzanas de allí.

El Jefferson era un lugar tranquilo, sencillo y limpio. Pidió una habitación doble con cuarto de baño. Pagó una noche por adelantado y se inscribió como Taylor Stevens, de Casper, Wyoming. Sabía lo que se hacía: era una de las identidades que Marco le había conseguido tiempo atrás, para casos así. Disponía de documentación a nombre de Stevens y se había hecho imprimir, incluso, unas tarjetas de visita, por si era necesario acreditar que, en efecto, él era Taylor Stevens, de Casper, Wyoming, representante de Dexter & Co. Ltd., mayorista en suministros de albañilería.

Subió a la habitación y comprobó, satisfecho, que disponía de bañera, pero se dijo que no disponía de tiempo suficiente. Así que se dio una ducha rápida, se afeitó y volvió a bajar a la recepción.

—Me han hablado de un sitio de comidas que se llama Tommy's.

Al conserje, un anciano delgado y con apariencia respetable, se le iluminó el semblante:

—Oh, sí, el Tommy's. La mejor tarta de manzana de todo el condado. Está muy cerca de aquí, en la avenida Roosevelt. Salga y camine hacia su derecha, gire en la primera a la izquierda y dará con él enseguida, a unas cincuenta yardas.

Bambridge-Stevens agradeció la información y salió del local con sincera expresión de apetito. Por el rabillo del ojo vio el Pontiac, descaradamente estacionado casi enfrente del hotel.

YA ESTAMOS TODOS

Al salir del Tommy's se fijó en el horario que estaba escrito en la puerta y comprobó que disponía de un par de horas. Las empleó en echar una cabezada. Lo hizo sentado, en el sillón de orejas de su habitación. Después, desde una cabina callejera, telefoneó a Bonazzo y le informó de cómo iba el asunto, antes de meterse en el Packard y estacionarlo donde tuviera la puerta del local bien a la vista.

Lorna le había causado buena impresión. Le gustaban sus ojos azules y redondos, su pelo negro cortado *à la garçon*, sus mejillas llenas, el gesto amable de su boca. Estaba algo flaca, pero a él le gustaban las mujeres flacas. En conjunto, parecía una buena chica que se había juntado con malas amistades. Pero se propuso no adelantar juicios: podía estar perfectamente metida en todo aquel asunto desde el principio. No hay mejor máscara que una cara bonita.

Acababa de liar un cigarrillo cuando Lorna salió por una puerta lateral que daba a un callejón perpendicular a la avenida Roosevelt. Rudy arrancó muy lentamente y avanzó hasta tener el ángulo de visión adecuado. En el fondo del callejón se encendieron los faros de una ranchera que salió a la avenida y tomó hacia el Norte. Le dio algo de ventaja y comenzó a seguirla. En el retrovisor distinguió, a cincuenta o sesenta yardas, las luces del Pontiac.

—Ya estamos todos —murmuró arqueando las cejas.

EL JILGUERO SABE QUE LLEGA EL DÍA

Daniel Morton volvió a mirar el reloj. Ya habían dado las diez y media. Pensó en tomarse un trago, pero no quería oler a alcohol.

Su ansiedad no se debía solo a la inminente llegada de Lorna, sino a que él mismo había tardado demasiado en llegar hasta Marksonville. Se había retrasado casi un día sobre lo previsto. Su plan inicial era conducir de un tirón hasta allí. Pero había calculado mal. En Carroll, el agotamiento había podido con él y se había echado a un lado de la carretera, para dar una cabezada que, contra su voluntad, se convirtió en una noche completa. Por último, un pinchazo a un par de millas de Mitchell le hizo perder algunas horas preciosas, hasta que un granjero lo recogió y lo llevó a un garaje donde le arreglaron la rueda. Procuró serenarse. Nadie le seguía. Se había asegurado de ello. De ser así, su siestecita de Carroll hubiera sido la oportunidad perfecta para acabar con él. El único en Chicago que sabía de su relación con todo esto era Vinnie y a él le convenía callarse más que a nadie. En cuanto a los otros, estarían aún esperando como panolis. A nadie se le ocurriría que él estaba ahora allí, a punto de seguir hacia Canadá y, si tenía suerte, a diez minutos de ir acompañado de la única mujer que, para él, existía en el mundo.

Bien era verdad que medio Chicago lo había oído lamentarse por haberla perdido y que, en más de una ocasión, sus borracheras acabaron en llantinas en medio de las cuales pronunciaba su nombre. Pero nadie hubiera conseguido adivinar que él había dado con su paradero; que, para conseguirlo, había tenido que cruzar la última puerta del sótano de la infamia pero que, al fin, lo había conseguido.

Y ahora estaba ahí, embutido en su mejor traje, sentado en una habitación de motel, esperando a su chica para contarle que al fin la suerte había cambiado, que ya no sería más un perdedor, que por fin el futuro suponía algo más que una palabra llena de consuelo ante la miseria del presente.

Escuchó acercarse un auto. No quiso mirar por la ventana al aparcamiento, pero supo, como el jilguero sabe que llega el día, que era Lorna. Cuando el auto estacionó, cuando escuchó los pasos leves y apresurados cruzar el asfalto y acercarse por la galería, tuvo el gesto instintivo de arreglarse el nudo de la corbata, levantarse y dar un paso hacia la puerta, en cuya superficie, justo en ese instante, se escuchó un golpe de nudillos.

EN BUSCA DE CHESTER ARTHUR

Rudy Bambridge había visto cientos de moteles como el Amberson: un bar, una recepción, una amplia zona de aparcamientos y unas cuantas decenas de cuartuchos formando un rectángulo de una o dos plantas. En este caso, las habitaciones no serían más de cuarenta y no había planta superior. Cuando la chica comenzó a estacionar su ranchera, Bambridge detuvo el Packard frente a la recepción. Desde lejos, observó su cabecita moverse sobre los vehículos estacionados, perderse detrás de un camión, volver a aparecer en el amplio porche que las habitaciones compartían formando un largo corredor y, finalmente, recorrerlo antes de detenerse ante una de ellas. No esperó a que le abrieran la puerta. Solo había dos posibilidades: que el huésped fuera Morton o que el huésped no fuera Morton. En cualquier caso, la persona a quien había venido a ver tenía que ser un hombre. Aunque le llamó la atención que hubiera ido hasta allí directamente desde el trabajo, sin cambiarse de ropa y sin arreglarse el pelo. Así que, seguramente, no era un amante.

Sopesó las ventajas de presentarse en la habitación de inmediato, con la chica allí. Prefirió comprobar primero si el huésped era Morton. Así pues, buscó sitio en el aparcamiento y estacionó entre dos camiones.

Salió del auto, echó un vistazo para comprobar que sus chicos del Pontiac le habían seguido (efectivamente, allí, justo en la salida desde la carretera, estaban parados, preguntándose, posiblemente, qué hacer a continuación) y, silbando, dio un paseo por el aparcamiento.

No tardó en localizar el auto. El chófer de Donaldson estaba en lo cierto: era un Oldsmobile. Dio un par de vueltas en torno al sucio escarabajo negro, examinándolo. Ese tenía que ser el coche. Sin embargo, decidió asegurarse. Se encaminó hacia la recepción.

El recepcionista era un mexicano gordo y grasiento, con pinta de proxeneta rural venido a más. Tras el timbrazo, tardó bastante en aparecer desde un cuartucho anexo. Pese al ruido de la música del bar contiguo y de los camiones y autos que iban y venían, debía de estar durmiendo, a juzgar por sus pantuflas y el deplorable estado de su camisa, cuyos faldones colgaban por fuera de los pantalones. El tipo se peinó con las manos mientras llegaba hasta el mostrador y, desperezándose, dio las buenas noches. Rudy dijo que buscaba a un amigo con quien se había citado allí.

—¿Miró en el bar? Aún está abierto.

—No nos citamos en el bar, sino en el motel. Pero no sé en qué habitación se aloja.

El mexicano tomó el libro de registro.

—¿Cómo se llama su amigo?

—Morton. Daniel Morton.

Mientras el mexicano leía los nombres, se escuchó una discusión proveniente de la puerta de al lado, la del bar. Una mujer le gritaba a un hombre algo sobre no se sabía qué dinero, y este le ordenaba una y otra vez, sin éxito, que se callara. Finalmente, se oyeron portazos, el sonido de un camión arrancando con furia, más gritos de la mujer que ahora debía de estar pateando el suelo. Una fulana y un cliente que se marcha sin pagar el precio acordado, pensó Bambridge.

—Ese nombre no figura.

Rudy procuró resultar natural, al decir:

—Este Danny... Verá, seguramente se ha inscrito con otro nombre... El marido de su amiguita lo tiene calado, ¿entiende?

El mexicano cerró el libro de un golpe y lo miró con cierta agresividad.

—No. No entiendo. Si no desea nada más...

—Mi amigo debió de llegar ayer o, seguramente, hoy. Tiene un coche negro, un Oldsmobile. Es un tipo bajito y flaco, con bigote. A mí y a mis dos amigos, Abraham Lincoln y Abraham Lincoln, nos apetece mucho tomarnos una copa con él.

El recepcionista había ablandado la mirada al ver entre los dedos de Bambridge dos billetes de cinco que acabó dejando sobre el mostrador.

—¿No será que hay otros dos hermanos Lincoln interesados en verlo también?

Bambridge cerró el juego y puso la mano sobre el dinero.

—No. No será —dijo, haciendo ademán de volver a guardárselos.

—*Está bueno, está bueno, señor...*[3] —se apresuró a decir el mexicano.

Rudy retiró la mano y el recepcionista puso el libro de registro sobre los diez dólares.

—Llegó esta tarde. Está en la habitación 21. Se inscribió como Chester Arthur.

Rudy soltó una carcajada al escuchar ese nombre.

—Qué gracia. —El otro no comprendía. Rudy se avino a explicarle—: Chester Arthur... Fue presidente de Estados

---

3. En español en el original. (*N. de los t.*)

Unidos. Le dio el nombre de un presidente. Y usted le alojó precisamente en la habitación 21.[4]

El mexicano se encogió de hombros. Él ya había cobrado. Aquel *hijo de la chingada*[5] había dejado de interesarle.

Rudy supuso que, a esas alturas, la parejita estaría en el precalentamiento de un encuentro amatorio, allá, en la habitación 21, y resolvió esperar un rato antes de hacerles una visita. En esos casos, la sorpresa siempre suponía una ventaja. Luego se arrepentiría de hacerlo, pero en ese momento le pareció buena idea hacer tiempo tomando una copa en el bar.

---

4. En efecto, Chester Allan Arthur (1829-1886) fue el vigésimo primer presidente de los Estados Unidos y Morton, utilizando su nombre, probablemente para burlarse del inmigrante, ocupa la habitación 21. (*N. de los t.*)

5. En español en el original. (*N. de los t.*)

EL MIEDO Y LA IRA

Lorna Moore no se quitó el grueso abrigo gris bajo el cual llevaba aún su uniforme de camarera. Tampoco se había retocado el peinado o el maquillaje. No se había arreglado para gustar a ese hombre porque, sencillamente, deseaba no gustarle y, además, quería que él lo supiera.

Sin embargo, el brillo en sus ojos, el ademán de abrazarla (que ella rechazó suavemente), la excesiva cortesía con que la hizo pasar y le ofreció asiento (que ella también rechazó, no con tanta suavidad como el abrazo), evidenciaron la fascinación de Daniel Morton.

Lorna se quedó parada en medio de la habitación, con las manos metidas en los bolsillos del abrigo, mirándolo seria, expectante, demostrándole que no le concedería más que los diez minutos previstos.

—¿Seguro que no quieres sentarte, gatita? —dijo Morton, cariñoso, tomando asiento a su vez en el borde del lecho.

—Seguro. Y no me llames así. No soy tu gatita.

—Pero lo fuiste, Lorna. Un día lo fuiste y, quizá, con suerte...

—¿Vuelva a serlo? —apostrofó ella, con un gesto sardónico—. Tú estás mal de la chaveta, Danny. Aquello se acabó. Te aguanté lo que pude. Pero se acabó. Me harté de todo eso...

—Lo sé, lo sé, Lorna. Déjame hablar un momento... Yo... Yo sé que me comporté como un cerdo contigo. No tengo excusa. Y entiendo perfectamente que te marcharas como lo hiciste. Te pido perdón, Lorna. He venido para eso: para pedirte perdón, para rogarte... para suplicarte que me perdones, aunque sé que no me lo merezco.

Se hizo un silencio extraño. Daniel Morton había puesto a trabajar nuevamente su pico de oro y sus disculpas sonaban sinceras. Pero era Daniel Morton quien hablaba y Lorna lo conocía demasiado bien.

—¿Solo para eso?

—Y para decirte que he cambiado.

Ella se echó a reír.

—De verdad, Lorna, he cambiado. El Danny que conociste ya no está. Murió. Estás viendo a un hombre nuevo. Además, he tenido suerte en los negocios y tengo dinero, mucho dinero... —Se detuvo un momento. Miró a Lorna de arriba abajo—. Lorna, ¿por qué no te quitas el abrigo y te sientas?

—No quiero sentarme. Me iré enseguida. Además, hace frío aquí. ¿No funciona la calefacción? —inquirió, señalando la estufa.

—No puedo encenderla —dijo Morton, añadiendo rápidamente—: Bueno, da igual, no te lo quites si no quieres... Lo que intento explicarte es que he comenzado una nueva vida. Me voy al Norte, probablemente a Canadá. Buscaré algún sitio tranquilo donde comenzar un negocio serio. Una ferretería o un almacén... Algo tranquilo en un sitio tranquilo.

—Pues bien por ti, Daniel Morton. Me alegra saberlo.

—Y quiero invitarte a que vengas conmigo.

Lorna hizo un mohín de hastío.

—Quiero que vengas conmigo, Lorna, que comencemos de nuevo, que me des otra oportunidad.

—Ya te di todas las que tenía que darte, Danny. De verdad, que seas muy feliz. Y, si quieres que te perdone, te perdono. Pero yo ya no tengo nada que ver contigo. Así que olvídame, Danny.

—Algo tendrás que ver. Tenemos un pasado...

—Tú lo has dicho: pasado. Que tengas suerte.

Dicho esto, Lorna se dirigió a la salida. Pero Morton fue más rápido y se interpuso entre ella y la puerta.

—Déjame pasar, Danny.

—No, hasta que escuches lo que tengo que decirte... Tengo dinero, Lorna.

—Déjame pasar, Danny —repitió ella, con más firmeza.

—Es mucho dinero, Lorna... Veinte de los grandes... Con eso tú y yo...

Lorna hizo caso omiso de sus palabras.

—Es la última vez que te lo digo, Danny: déjame pasar —dijo por última vez, apretando algo que llevaba en el bolsillo de su chaqueta, mientras el miedo dejaba paso a la ira en sus ahora gélidos ojos azules.

LA SANGRE RECIENTE

Cuando salió del bar, media hora y dos copas más tarde, los chicos del Pontiac continuaban junto a la carretera. Uno de ellos seguía en el interior del coche. El otro apoyaba las nalgas contra la carrocería y miraba hacia el bar, expectante y silencioso. Era un individuo alto y fornido. Llevaba una pelliza de cuero, probablemente negra, con el cuello de borrego alzado para protegerse del gélido viento del Este que había hecho descender la temperatura. Rudy pensó que si se lo hubiera encontrado en una ciudad portuaria, hubiera pensado inmediatamente que se trataba de un estibador. La penumbra y la distancia le impedían verle el rostro, pero por su peinado y su actitud, calculó que no tendría más de veinte o veintipocos años.

Bambridge no le dedicó más de unos segundos. Giró a la derecha y pasó ante la fila de vehículos aparcados frente a las habitaciones. Al llegar al sitio donde la chica había aparcado, se alarmó: la ranchera no estaba donde debía estar. Maldijo su propia confianza y se apresuró a llegar hasta la habitación 21. En el interior, la luz estaba encendida. Desenfundó su pistola, la amartilló y, haciéndose a un lado para no ofrecer un blanco fácil a través de ella, llamó a la puerta. Transcurridos unos segundos, volvió a llamar. Pensó que se la habían jugado, que se habían dado cuenta de su presencia y habían huido. Ni siquiera se planteó la idea de ser delicado. Dio un paso atrás y, de una patada, reventó la cerradura de la puerta, de cuyo bastidor salieron despedidas varias astillas de conglomerado de madera.

Otro fiambre. Pero este, a diferencia de Velma, no apestaba. Solo desprendía el hálito acre de la sangre reciente.

EL FRÍO DE UN CAÑÓN

Había habido lucha, pero no demasiada. Había un diván volcado, una botella de Bourbon en el suelo, un revólver, que no había sido disparado, sobre la cama, muy cerca de la mano del muerto. Y el muerto era Daniel Morton. Yacía en el suelo, tumbado de espaldas, con una mano sobre el borde de la cama, intentando alcanzar el arma, y la otra en el pecho, justo sobre la mancha escarlata. Rudy le levantó esa mano. Por la forma de la herida, le habían dado una puñalada. Solo una. Pero debía de haberle atravesado el corazón.

—Mierda —masculló Rudy, con impaciencia y rabia.

Rabia contra sí mismo, por no haber previsto algo así. Impaciencia porque, en cuanto descubrieran que había entrado en la habitación, los chicos del Pontiac se le echarían encima, buscando lo que él inmediatamente se había puesto a buscar sin éxito: 20.000 dólares en billetes usados. En el rápido registro, comprobó que el dinero no estaba en el armario ni bajo la cama ni en el cuarto de baño. Tampoco en ninguna de las mesillas de noche ni en el macuto de Morton ni en un maletín de médico que debía de ser el que originalmente lo había contenido. Solo había una posibilidad: la de que quien mató a Morton se lo hubiera llevado. A esa posibilidad se aferró cuando salió de la habitación 21 y comenzó a moverse por entre los autos del *parking*, intentando pasar desapercibido. Pero ya el Pontiac avanzaba lentamente hacia allí. Así que, aprovechando que sus ocupantes aún no tenían el Packard a la vista, entró en el auto y arrancó a toda velocidad. Al rebasarlo pudo ver cómo el coche se detenía, cómo el tipo con pinta de estibador se apeaba y corría hacia la habitación de la puerta reventada.

Alcanzó la carretera que conducía a Marksonville, intentando recordar las señas de la casa a la que debía dirigirse. No tardó en ver, por el retrovisor, las luces del Pontiac, que intentaba alcanzarlo. Ahora sí que iban a por él. Evidentemente, pensaban que él tenía lo que ellos buscaban y no creerían que él mismo también andaba buscándolo. Sin embargo, Rudy Bambridge no perdió su habitual sangre fría. Durante casi una milla les sacó toda la ventaja posible. Luego, después de una curva que rodeaba una colina, tras la cual se adivinaban ya las luces del pueblo, metió el morro del auto en el arcén, cruzándolo de manera que la parte posterior invadiera casi la mitad del carril, salió apresuradamente y corrió a buscar un buen parapeto, mientras un ruido de motor y chirriar de ruedas crecía incesantemente.

La emboscada funcionó. El conductor del Pontiac apenas tuvo tiempo de esquivar al Packard, el coche se salió de la carretera, dando bandazos y se internó en la llanura, deteniéndose bruscamente unas treinta yardas más allá. Allí quedó, encajado entre rocas y matorrales, con sus ocupantes aturdidos por el frenazo. El tipo con pinta de estibador fue el primero en tomar conciencia, y abrió la portezuela para salir. Pero cuando ya tenía una pierna en el suelo, la puerta se cerró violentamente una, dos, tres, hasta cuatro veces, machacándole contra el marco antes de que el individuo tuviera tiempo de darse cuenta de que, desde el otro lado, Rudy Bambridge daba una patada tras otra a la chapa. Bambridge no se detuvo hasta que no sintió aflojarse el cuerpo del individuo, hasta que no notó cómo se dejaba caer hacia atrás entre el asiento y la carrocería y soltaba la pistola que había en su mano derecha. Esta cayó al suelo y Rudy la cogió y la lanzó lejos, hacia la oscuridad. Después rodeó rápidamente el automóvil y, por la ventanilla, encañonó al conductor con su Colt. Era un tipo calvo, paliducho y de mediana edad, que sangraba profusamente por la nariz y parecía estar intentando recordar su propio nombre. A Bambridge se le ocurrió que quizá el frío de un cañón contra su oreja le ayudaría a volver en sí.

—Las manos sobre el volante, si no quieres que te abra un túnel en el cráneo —ordenó con la suficiente firmeza para no tener que gritar.

El hombre hizo lo que se le ordenaba. Parecía ser uno de esos tipos que saben cuando han perdido una partida.

POBRES CRETINOS
QUE JUEGAN AL YO-YO

Bambridge aún jadeaba por la carrera, por los golpes que le había propinado al tipo joven, por las zancadas que había dado para controlar rápidamente al otro. Ahora, mientras ambos individuos estaban allí, junto al auto, arrodillados en la tierra frente a él, con las manos en la nuca, se tomó unos segundos para recobrar la respiración y el pulso.

No dejaba de apuntarles, ni ellos de mirarle. El chico lo hacía con una mirada turbia en su rostro infantil y mongoloide. El otro, evidentemente, intentaba enfocarle por entre los moratones que comenzaban ya a rodearle la nariz. Tenía la frente huidiza y labios finos en un rostro alargado. Su barbilla casi terminaba en punta. También era alto, pero su corpulencia era, curiosamente, más fibrosa, más elástica que la de su compañero, casi demasiado atlética para su edad. El chico, evidentemente, era un cretino. Así que, instintivamente, Rudy Bambridge eligió al calvo como interlocutor.

—¿Te gusta la música? —preguntó bruscamente. Ante su expresión de sorpresa, agregó—: A mí sí. Y me apetece oír algo bonito. Así que empieza a cantar. Y, te lo advierto, si no me gusta tu canción, te mando a hacer una gira por el jodido infierno.

—¿Qué quieres saber? —el tipo tenía una voz muy aguda. Parecía, se le ocurrió a Bambridge, como si estuviera poseído por el espíritu de una vicetiple.

—Todo. Quiénes sois, quién os manda, qué demonios pintáis en todo esto... Todo —repitió—. Desde el principio.

El tipo se tomó unos segundos para pensar. Después, dijo:

—Al principio, era el Verbo. Después creó Dios los cielos y la tierra...

En otras circunstancias, a Rudy Bambridge acaso la broma le hubiera hecho gracia, pero, dadas las circunstancias, hizo lo que consideró más oportuno: le pateó la cara.

El individuo cayó a un lado y así se quedó, apoyado sobre un codo, con el rostro oculto por la otra mano, a través de cuyos dedos se escurría la sangre que volvía a manar de su nariz.

—¡Cabrón! —dijo el otro, horrorizado—. ¡Deja en paz a Bob!

—¡Cállate, idiota! —dijo el maltrecho Bob, sin quitarse la mano de la cara ni cambiar de postura.

Rudy se dio cuenta de que el chico, pese a ser una mole, era, como había supuesto, un débil mental.

—Pero, Bob... —intentó decir.

—¡Que te calles! Quiere saber cómo nos llamamos.

—¿Y no lo sabe, Bob? ¿No lo sabe? ¿Si no lo sabe, por qué nos estaba esperando, Bob?

—Cierra el pico de una jodida vez.

Bambridge asistía entre divertido y curioso a la ridícula escena: el grandullón hablando con voz de niño y el maltrecho Bob intentando imponerle silencio con apenas un hilo de voz, mientras intentaba dejar de ver las estrellas. Evidentemente, Bob era su hombre. El idiota no era más que alguien a quien el flaco se había traído consigo por si necesitaba unos puños extra. Y, como Bob era su hombre, Bambridge decidió cambiar de estrategia y centrar su atención en el chico.

—¿Y tú? ¿Cómo te llamas? —le preguntó con suavidad.

—No te lo digo. Bob no quiere que te lo diga.

—Oye, yo quiero ser tu amigo, chico.

—Tú no eres mi amigo. Tú le has hecho daño a Bob. Y me hiciste mucho daño a mí.

—Creo que ha sido un malentendido. Hemos comenzado con mal pie...

—No le hagas caso —dijo Bob enderezándose, pero continuando, prudentemente, de rodillas—. Él es un matón.

Rudy dio un paso hacia él y le apoyó el cañón de la pistola en la cara:

—Cállate, Bob —dijo.

Sin embargo, no había acabado de decir estas palabras cuando se percató de su error. Porque, al ver amenazado a aquel tipejo a quien parecía reverenciar, el chico perdió los nervios y se arrojó sobre él. Sin llegar ni siquiera a levantarse, lo aferró con una mano por los pantalones y, con la otra, por el brazo que sostenía la pistola. Rudy cayó hacia atrás, con el chico encima. La pistola se disparó una, dos veces, y el estruendo hizo que se sobresaltara, oportunidad que Bambridge aprovechó para zafarse y dejar libre el brazo. Luego, sencillamente, orientó el cañón hacia la cara del chico y disparó.

El cuerpo se desplomó sobre él, al mismo tiempo que se oía rugir el motor del Pontiac. Rudy empleó todas sus fuerzas en liberarse del cadáver que lo aplastaba. Desde el suelo, de rodillas, intentó hacer puntería sobre el coche que daba tumbos por el descampado hacia la carretera, aunque la sangre del chico le había cegado un ojo. Realizó cuatro disparos antes de que el auto alcanzara la carretera, pero ninguno de ellos debió de dar en el blanco y, si alguno lo hizo, eso no impidió que el Pontiac ganara la carretera y se perdiese por ella en dirección a Marksonville.

Cuando recobró el ánimo, se limpió como pudo la sangre

que le cubría el rostro. Pensó en perseguir a Bob, pero se dijo que no valía la pena, que ya había perdido bastante tiempo. Registró, eso sí, los bolsillos del chico. Aparte de su cartera, encontró algunas monedas, un pañuelo usado, unas llaves, un lápiz y un yo-yo. Sintió lástima al pensar en el pobre cretino jugando al yo-yo. Un chico feliz e inocente, que pensaba como un niño, utilizado como gorila por un cobardón que lo había dejado tirado a las primeras de cambio mientras el chico arriesgaba (y perdía) la vida por defenderle. Pero no tenía tiempo para la lástima. En el motel no tardarían en descubrir lo que había pasado en la habitación 21. Así que, tras guardarse la cartera del chico, arrancó algunas ramas de los matorrales y cubrió el cuerpo con ellas. Desde la carretera sería difícil verlo. Le convenía que tardaran en encontrarse con el cadáver, porque aún le quedaba trabajo por hacer en el condado.

CON LA CARA BORRADA

A la entrada de Marksonville se cruzó con un patrullero de la oficina del sheriff. Con ulular de sirenas y a toda marcha, llevaba el sentido exactamente contrario. Se dirigía, seguramente, hacia el Motel Amberson. Bambridge se alegró de las circunstancias del fugaz encuentro, porque la sangre de su ropa hubiera podido distinguirse de un solo vistazo.

Se adentró en la población, a esas horas prácticamente desierta, y llegó hasta el Tommy's. La ranchera estaba aparcada en el callejón, como si no se hubiera movido de allí en toda la noche.

Tenía apuntada la dirección de Lorna Moore. No le costó dar con la casa, a tres manzanas de allí. Sin embargo, en el rótulo que figuraba junto a la verja decía:

MISS GERTRUDE VANNESON. CASA DE HUÉSPEDES

A Rudy Bambridge no le apetecía presentarse al filo de la medianoche en una respetable casa de huéspedes regentada por una no menos respetable Miss Gertrude Vanneson. Si la Ford estaba aparcada en su sitio, Lorna Moore no podía haber ido muy lejos. Y si no se había ido ya, no se iría, al menos, antes de amanecer. Por otro lado, sus fuerzas estaban a punto de abandonarle, así que aparcó frente al Jefferson. Del asiento trasero, tomó su abrigo y se lo puso. Una vez abotonado, el sobretodo ocultó convenientemente la sangre de la chaqueta y la camisa. Si no se quitaba el sombrero y se dirigía rápidamente a las escaleras, el conserje no notaría las salpicaduras de sangre que aún le manchaban el rostro aquí y allá. Por suerte, el conserje hacía un crucigrama y le saludó sin apenas mirarle.

Se dio un largo baño templado y, al salir, dedicó una mirada de desdén al montón que había hecho con sus ropas sucias de tierra y sangre. Después sacó de su maleta otro traje de corte similar, este azul marino, una camisa de color celeste y otra corbata. Los tendió sobre la cama. Se los pondría al día siguiente. Convenía deshacerse de la ropa sucia, antes de que a alguien le diera por interrogar al forastero que había llegado al pueblo justo antes del crimen del Motel Amberson.

Pero lo primero era lo primero: se sentó al borde de la cama, con la cartera del chico en la mano y examinó su contenido. Extrajo de ella seis dólares, dos cromos de *baseball*, la tarjeta de visita de un dentista de Peoria y un cupón de descuento de una marca de cereales. La única documentación era un carné a nombre de James Zedeon Black expedido por la Biblioteca Pública de Peoria Heights. Bambridge no había estado allí, pero sabía que era un suburbio de unos cinco mil habitantes, cercano a la ciudad de Peoria. Así que James Zedeon Black. Seguramente le llamaban Jim. O Jimmy. Lo pronunció en voz alta y le gustó más: Jimmy. Jimmy Black.

Jimmy Black había nacido el 20 de junio de 1928 en Peoria Heights. Jimmy iba a la biblioteca de su pueblo y al dentista. A Jimmy le gustaba el *baseball* y recortaba cupones de descuento de las cajas de cereales. Y, por último, Jimmy estaba ahora mismo tirado a un lado del camino entre Marksonville y Ashland Heights, con la cara borrada por el tiro de una 45 que no le había permitido llegar a cumplir los veintiuno.

Leyó la tarjeta de visita. Pertenecía a Robert Hospers, médico dentista. El doctor Hospers tenía su consulta en la avenida Bryan, de Peoria (Illinois) y, seguramente, era llamado Bob por sus amigos y por los cretinos que se dejaban meter por él en asuntos sucios de los que no había un modo fácil de salir.

Rudy Bambridge intuyó que Robert Hospers, el doctor Hospers, Bob para los amigos, no trabajaba para Donaldson ni para ninguna de las familias. Intuyó que ni siquiera era un carroñero que había acudido al oler la pasta, sino que debía de estar metido en el asunto desde mucho tiempo antes que él. Incluso, se le ocurrió, era posible que estuviera en ello antes que el propio Daniel Morton. Con toda probabilidad, ahora mismo, el doctor Hospers, Bob para los amigos, estaría conduciendo a toda velocidad en dirección a Illinois. Casi sintió ternura ante la ingenuidad de aquel hijo de mala madre, que pensaba que podría irse de rositas.

SIEMPRE CAEN

Lorna se miró al espejo de su habitación y se preguntó si necesitaría maquillaje. Normalmente, desde que vivía en Marksonville, se limitaba a darse un poco de lápiz de labios, de algún color discreto y, como mucho, perfilarse con lápiz de ojos. Pero había pasado mala noche. No había logrado conciliar el sueño hasta pasadas las dos de la madrugada y, aun después, pesadillas asfixiantes la habían hecho despertarse a cada momento. Decidió que no se maquillaría. Comprobó, eso sí, que las cortas mangas de su uniforme ocultaban las marcas que los dedos de Danny Morton le habían dejado en los brazos. Luego se retocó el peinado y salió.

Lorna acostumbraba a desayunar en el Tommy's, antes de abrir. Los huéspedes de Miss Vanneson eran indefectiblemente hombres, en su mayoría tratantes de ganado o intermediarios agrícolas que venían unos días a la ciudad por negocios y que, pese a gozar de la confianza de Miss Vanneson, no dejaban de sentirse perturbados por la presencia de una chica joven y bonita. Así que Lorna, la única inquilina permanente de la casa, prefería no hacer las comidas allí.

Por lo demás, el desayuno de Lorna solía ser breve: un vaso de zumo, una taza de café y algo de fruta. Helen solía recriminarla por ello. Si sigues comiendo como un pajarito, cualquier día de estos pondrás un huevo, le decía. Sin embargo, esa mañana la rubia parecía no estar de humor. Se limitó a darle los buenos días. Tom también se mostró lacónico. Cuando ella se las entregó, tomó las llaves de la ranchera y se las guardó en el bolsillo, respondiendo con un seco «No hay de qué» a sus palabras de agradecimiento. Al contrario de lo que había previsto, ni Helen ni Tom le preguntaron qué había ocurrido con su encuentro en el Amberson.

Nada más abrir al público, entró Mike Kovac, el secretario del juzgado y tomó sitio en la barra.

—Hoy solo café y un bollo, Helen —pidió—. Tengo que volver enseguida a la oficina.

—¿Volver? —preguntó Helen con extrañeza. Normalmente, Kovac desayunaba allí antes de ir a trabajar.

—Sí, llevamos toda la noche en el tajo. Anoche hubo un crimen en el Amberson, ese motelucho que hay de camino a Ashland Heights.

Lorna, que en ese momento anotaba el pedido de Kovac, se quedó de piedra, pálida y boquiabierta. Kovac nunca se había caracterizado por su discreción; contó que los habían avisado antes de medianoche y que el juez estaba desde entonces haciendo gestiones.

—Hemos tenido un problema de jurisdicción y, al final, nos han echado el muerto a nosotros. Y nunca mejor dicho. Pero eso no ha ocurrido hasta las cuatro de la madrugada... Total: toda la noche sin dormir... Estoy de un humor de perros. Y, si yo estoy así, imagina cómo estará el sheriff Legins, que aún anda por allí de un lado a otro...

—Sí, pero ¿a quién mataron?

—A un tipo del Este que se alojaba en el motel... Debía

de ser una buena pieza, porque se había inscrito con nombre falso y todo... Le dieron una puñalada.

—¿Quién?

—Aún no lo sabemos, pero Legins tiene a toda su gente en el asunto. Y de la oficina del condado han enviado criminalistas. Quien haya sido, caerá enseguida. Siempre caen.

HEBRAS REBELDES

Representar a la ley en Marksonville nunca había sido complicado. Los trabajos más duros que el sheriff Legins había tenido en sus quince años de servicio habían consistido en buscar a un niño extraviado (el hijo menor de los Butler, que finalmente apareció en el granero donde se había escondido) e investigar un tiroteo por una cuestión de lindes entre Pete Hopkins y el viejo Mc Duffy (que se saldó con una única víctima: la nalga derecha de Hopkins, de la cual fueron extraídos 15 perdigones). Salvas las posaderas y la dignidad de Pete, y azotadas las del pequeño Butler, las labores de Elmore Legins y sus dos ayudantes consistían, amén del control del tráfico, en solucionar disputas domésticas, investigar robos de autos por parte de adolescentes narcotizados y sofocar alguna reyerta de fin de semana, cuando los trabajadores de los ranchos bajaban al pueblo y bebían más de la cuenta.

Por eso, tras volver ese día del Motel Amberson, Legins se sentía abrumado y desconcertado a partes iguales. Sin embargo, aunque era su primer homicidio, Legins se sabía de memoria el manual. Después de ordenar que nadie tocara nada y de avisar a la oficina del condado, tomó notas de sus observaciones y de su primer interrogatorio a Gálvez, el encargado del motel, y a Nancy, la camarera del bar. No había más testigos. Luego habían tenido problemas con la jurisdicción. El comisario de Ashland Heights se había negado a hacerse cargo y la oficina del condado, aunque puso sus medios técnicos (por lo demás escasos) a disposición de Legins, se inhibía del asunto. Así que le había tocado a Legins hacerse cargo de todo.

Sobre su escritorio estaban ahora las pertenencias del difunto Daniel Theodore Morton. A ese nombre figuraba la documentación que habían hallado entre ellas, aunque se había inscrito bajo el nombre de Chester Arthur al ocupar la habitación 21 (también era casualidad). Evidentemente, Morton no andaba en nada bueno. El hecho de que se inscribiera con un nombre falso, la presencia del revólver en la habitación, su ropa de *dandy* venido a menos: todo apuntaba a que Morton era un delincuente habitual. Ya había solicitado por teléfono datos sobre él y sobre las placas de matrícula de su auto.

El principal sospechoso era el individuo que había preguntado por Morton a Gálvez. Aquel tipo seguro con pinta elegante había sido, al parecer, muy persuasivo, y tras tomar un par de copas en el bar (a Nancy le había parecido interesante, pero no había entablado conversación con él), se había convertido en humo.

La noticia había corrido como la pólvora por toda la ciudad, así que, cuando entró en el Tommy's, Legins prefirió tomar su café en la cocina, como hacía de vez en cuando, charlando con su buen amigo Tom Hidden a salvo de la natural curiosidad que toda la localidad compartía.

Con Tom, quien en ese momento tenía pocos pedidos y se dedicaba a preparar salsas, sí que se permitió compartir sus suposiciones. Para Legins, todo aquello apestaba a ajuste de cuentas. Y, estaba seguro, el hecho de que el crimen hubiera tenido lugar allí no había sido más que una casualidad. Evidentemente, Morton huía del otro individuo, a quien debía de haber hecho alguna mala jugada; pero el tipo le había dado, primero, alcance y, finalmente, pasaporte.

—¿Y tú crees que ese andará aún por aquí, Elm? —preguntó Tom Hidden, poniendo a derretir una generosa porción de manteca.

El sheriff aspiró los penetrantes efluvios de la manteca y tomó un sorbo de café antes de contestar:

—A estas alturas debe de estar ya en Nebraska. He dado su descripción a la policía estatal, pero la cosa es complicada. Nadie llegó a ver qué coche conducía. Es una especie de fantasma que apareció de pronto por el Amberson y luego desapareció sin dejar huella... —Legins reflexionó durante unos segundos sobre sus propias palabras, y luego agregó—: Salvo el fiambre, claro está.

Hidden se encogió de hombros. El sheriff consultó su reloj de pulsera, apuró su taza de café y anunció, mientras se dirigía hacia la puerta:

—Bueno, Tom, quizá pase por aquí más tarde. Ahora debo ir a la funeraria. El forense debe de haber llegado ya.

Tom, sin quitar la vista de los fogones, le deseo un buen día.

Elmore Legins se despidió de Helen y de Lorna, pasó rápidamente ante la fila de mesas del Tommy's y salió a la calle procurando no mirar directamente a nadie ni detenerse, evitando así que le hiciesen preguntas incómodas. Para ello, se aplicó en desembarazar su sombrero de unas hebras rebeldes e inexistentes hasta que llegó a su coche patrulla. De no haber actuado de ese modo, posiblemente hubiera reparado en la presencia del hombre delgado y elegante que, vestido de azul marino, leía el periódico en el interior de su coche, estacionado a unos metros del Tommy's.

ES FÁCIL DESAUTORIZAR A LA CHUSMA

Unos minutos antes de que Lorna finalizara su turno, Tom la llamó a la cocina. El hombretón, inclinándose hacia atrás, apoyó las manos en el borde de la mesa de trabajo, haciendo que su plexo solar amplificara su magnitud. Sin perder esa postura inclinó la cabeza sobre su hombro derecho, como si necesitara estirar el cuello, y se le quedó mirando fijamente.

Lorna se concentró en una inspección innecesaria y prolongada de las puntas de sus zapatos. De pronto, Helen apareció también en el vano de la puerta y, mostrando el perfil al local, donde en ese momento no había más que una pareja tomando batidos, también permaneció expectante. Lorna supo que el matrimonio llevaba toda la mañana esperando a que llegara ese momento, igual que ella temiéndolo. En el rostro de Tom había severidad, enojo, acaso algo de decepción. En el de Helen podía adivinarse algo parecido a la lástima.

—¿No te parece que va siendo hora de que nos cuentes algo?

Lorna se encogió de hombros.

—Porque fui yo quien te prestó la ranchera o porque Helen está preocupada o, simplemente, porque ella y yo nos lo merecemos... Pero creo que va llegando el momento de que expliques quién diantres era ese tipo.

—En realidad, no hay mucho que contar, Tom. Danny y yo éramos... Fuimos... Digamos que vivimos juntos durante un tiempo, allá, en Chicago. Danny era tahúr, un timador de poca monta. También, de vez en cuando, vendía drogas, pero, normalmente, era yo quien lo mantenía. Hasta que un día me cansé y me largué con viento fresco. No sé cómo dio conmigo, pero aquí se presentó.

—¿Y qué quería?

—Quería que me fuera con él. Decía que había hecho un buen negocio y que tenía mucho dinero. Se iba al Norte y pretendía que lo acompañara. Ya sabes: para empezar de nuevo, para darnos una oportunidad... Se puso muy pesado y, al final, violento. —En ese momento, Lorna sí que alzó el rostro y clavó sus ojos en los de Tom, para añadir—: Forcejeamos, Tom, pero yo no lo maté.

Sobre la muerte de Danny Morton, Lorna no sabía qué pensar. Desde luego, ella se había limitado a golpear a Danny. Cierto es que lo amenazó con un cuchillo, el cuchillo de mondar patatas que se había llevado consigo, uno de los cuchillos de Tom, pero Danny logró quitárselo fácilmente: le retorció la muñeca hasta que este cayó al suelo. Entonces, cuando Morton se sintió seguro y la aferró por los brazos, ella hizo algo que él no esperaba: zafó su brazo derecho, cerró el puño y lo estrelló contra su rostro. Danny no llegó a caer. Trastabilló hasta la cama y se quedó allí, parado a unos pasos de ella, mirándola con dolor. Lorna no se lo contó a Tom y a Helen, pero el de Danny Morton no parecía un dolor físico, sino el sufrimiento lacerante y sordo de quien se enfrenta al desamparo absoluto.

Ella no se detuvo a mirarlo por más tiempo: abrió la puerta y se fue. Cuando arrancó la ranchera, aún llegó a ver la silueta de Daniel Morton asomándose a la puerta. Sin embargo, quién iba a creerla. Sus huellas estarían en el cuchillo, que había quedado tirado en el suelo.

No podía dejar de pensar en las palabras del bocazas de Kovac: «Quien haya sido caerá enseguida. Siempre caen». Lorna sabía que era cierto. Así como daba por sentado que no tenía mucha importancia si quien caía era realmente culpable o no.

Se preguntaba si alguien la había visto llegar al motel o marcharse. Si así hubiera sido, ya habrían ido a por ella. Tampoco habían visto la ranchera. El propio Legins había tomado café con Tom esa misma mañana y no le había preguntado nada. Pero el cuchillo estaría ahí, en su oficina, metido en una bolsa de pruebas y, si ahondaban en el pasado de Danny, no tardaría en salir a relucir su nombre. «Siempre caen».

Cuando Lorna paró de hablar, Tomo emitió un bufido. Helen, en cambio, meneó la cabeza como quien presencia la travesura de un crío.

—Ay, niña... —dijo—. En buena nos hemos metido.

—Vosotros no. Solo yo. Nadie tiene por qué saber que me prestasteis la Ford y, aunque así fuera...

—¿Y el dinero? —inquirió, de repente, Tom.

A Lorna la sorprendió la pregunta.

—¿Qué dinero?

—El dinero que ese tipo decía tener.

—Yo no llegué a verlo, Tom. Y, conociendo a Danny, dudo mucho que ese dinero existiera realmente.

Fue ahora Helen quien tomó la palabra:

—Sí que tenía que haber dinero, pero tú no puedes tenerlo —dijo a Lorna, antes de volverse hacia su marido y añadir—: Claro que había dinero. De hecho, por eso le mataron. Y, quien lo hizo, se lo llevó.

—Pero... —intentó protestar Tom.

—No hay pero que valga... La chica dice la verdad: discutió con él y se marchó. Luego, quienquiera que venía siguiéndole (y que debía de ser el dueño del dinero, o, al menos, de una parte) le dio el pasaporte al tal Morton y se llevó la pasta. Punto final.

—¿Entonces, qué hacemos? —insistió Tom.

—Nada, absolutamente nada. Nosotros, anoche, no le prestamos la ranchera a Lorna. Y Lorna, en cuanto acabó de trabajar, se fue a casa. Lo sabemos porque, justamente anoche, la acompañamos.

—¿Por qué? —Tom dijo esto, más que preguntando, animándola a continuar levantando el andamiaje del embuste.

Helen meditó un instante y luego dijo:

—Porque durante la noche había estado aquí un camionero que se puso un poco pesado con ella.

—De acuerdo —dijo Tom.

—Eso si alguien pregunta. Aunque no preguntarán. ¿Cómo va nadie a relacionar a ese tipejo con Lorna?

Lorna no acababa de entender del todo la situación. Evidentemente, Helen y Tom creían su historia a pies juntillas, cosa que le extrañaba porque, de estar ella en su lugar, no hubiese creído ni una sola palabra. Pero, lo más extraño de todo, era que parecían estar poniéndose de acuerdo para elaborarle una coartada. Y su extrañeza debía de estar notándosele en el rostro, porque, de pronto, Helen le dijo:

—¿Qué pensabas? ¿Que te íbamos a vender?

Una luz de gratitud cruzó por el semblante de la joven. Luego, sin embargo, dijo:

—No puedo permitir que hagáis esto. Además, está lo del cuchillo...

—No hay cuchillo —le espetó Tom.

—¿Cómo que no hay cuchillo?

—Que no hay cuchillo —dijo Helen.

—Pero pudo verme alguien, y...

—No hay cuchillo, nadie te vio y, si alguien te vio, habrá sido algún borracho o una de las fulanas del Amberson —insisitió Helen—. Si Tom y yo contradijéramos a esa gente, ¿a quién crees que creería el sheriff Legins? Es fácil desautorizar a la chusma, cariño, no te preocupes más de eso. —La tomó suavemente de los hombros y la llevó hacia la salida—. Anda, vete ya a descansar un poco. No quiero que vuelvas esta tarde con esa cara.

EL VACÍO Y EL ABSURDO

Lorna Moore recorrió, como solía, la avenida Roosevelt, tranquila a esas horas del comienzo de la tarde. La temperatura había aumentado y el cielo lucía despejado, pero continuaba soplando el molesto viento del Este que hacía volar sombreros y removía tierra y suciedad contra las fachadas desde la tarde anterior, como si hubiera seguido hasta allí a Danny Morton desde Chicago y hubiera decidido quedarse.

Sumida en sus pensamientos, Lorna no se percató de la presencia del Packard, que avanzaba lentamente, hasta que la rebasó y frenó a unos pasos por delante de ella. Pero, entonces, cuando Taylor Stevens se apeó y, dejando la puerta abierta, se quedó esperándola con una sonrisa que pretendía ser amable, supo que la había estado siguiendo. Realmente, debía de haberle gustado a aquel tipo, se le ocurrió. Pero ella no estaba ese día con humor para hacer amigos. Aun así, procuró ser educada:

—Buenas tardes, señor Stevens. Ya veo que no se ha marchado.

—Lo haré dentro de poco, señorita Moore. Pero, primero, tengo que cerrar un negocio aquí. —En ese momento, el hombre hizo algo inesperado y alarmante: abrió la solapa izquierda de su chaqueta hasta mostrarle la culata de un arma enfundada en una sobaquera. Los ojos de Lorna se redondearon—. Usted y yo deberíamos tener una charla.

Lorna miró a su alrededor. Había poco tráfico y los comercios cercanos aún no habían abierto. Pero podía intentar algo. El hombre le leyó esta idea en la mirada.

—Por supuesto —dijo con serenidad—, usted podría intentar huir o atraer la atención de la gente, gritando. Puede que incluso alguien tuviera la idea de llamar al sheriff. Eso estaría bien. Yo podría contarle al sheriff lo que hizo usted anoche. Es más: podría incluso contarle a qué se dedicaba hace unos años, en el Loop's. Aún hay amigas suyas por allí, que la recuerdan. Y amigos... Sobre todo amigos...

Evidentemente, Taylor Stevens no era lo que había dicho ser. Solo en ese instante se dio cuenta Lorna. Tarde, demasiado tarde. Pero intentar algo hubiera sido un error. Como en estado de trance, siguió la indicación de la mano del hombre, que le señalaba el asiento del acompañante, dejó que le abriera la puerta y tomó asiento mientras él ocupaba el suyo y arrancaba.

Rudy Bambridge condujo silenciosamente. Salieron de Marksonville y se dirigieron hacia el Sur. Luego giraron hacia el Oeste. Por un momento, Lorna pensó que se dirigían a Rapid City, pero el Packard volvió a tomar hacia el Sur y continuó su camino hasta dejar atrás Green Valley. Unas millas más allá, salió de la carretera y se internó por un camino vecinal que atravesaba un bosque de poca extensión, pero muy tupido. Bambridge no se detuvo hasta que estuvo seguro de que no les verían desde la carretera. Entonces, extrajo la llave del contacto y le dijo, con una serenidad que le heló la sangre:

—Evidentemente, no soy Taylor Stevens. No soy un compinche de Morton. Tampoco soy de la bofia. En realidad, no importa en absoluto quién soy. Lo que importa es para quién trabajo. ¿Sabes para quién trabajo, Lorna?

Lorna hizo caso a su intuición y probó suerte:

—¿Para gente de Chicago?

—Eso es. Para gente de Chicago. Para gente muy importante de Chicago.

Lorna miró a su alrededor, al bosque silencioso que rodeaba el automóvil, a la luz rojiza del sol que lograba colarse por entre las altas copas de arces y castaños. A lo lejos, se escuchó el eco de un disparo. Alguien debía de estar cazando por allí. Si el hombre sacaba su pistola y le descerrajaba un tiro, nadie se alarmaría.

—Danny os hizo una jugarreta, ¿verdad?

El hombre dio un respingo.

—Eso ya lo sabes.

—Te equivocas. La verdad es que no sé absolutamente nada. Llevaba mucho tiempo sin tener noticias de Danny. Apareció ayer, de repente, e insistió en verme. Me dijo que tenía mucho dinero, pero no cómo lo había conseguido.

—Buen intento, cariño, pero no cuela. Tú sabes de dónde salió el dinero.

—No. No lo sé. Solo sé que Danny quería que me fuera con él. Pero yo dejé atrás ya todo eso.

El hombre se giró hacia la derecha y luego apoyó la espalda en la portezuela hasta quedar enfrentado al perfil de Lorna Moore. La incredulidad le había invadido el semblante.

—Entonces, ¿no sabes nada de cómo consiguió los veinte mil?

Ella negó con la cabeza y él, tras tomarse un segundo para terminar de comprenderlo, se echó a reír.

—Lo que hay que ver... Fíjate en el lío en el que te has metido... ¿Conocías a Walter Douglas y a Vinnie *el Cojo*?

Lorna hizo memoria. Sí, los conocía, pero solo de vista.

—Pues eran socios de Danny en un negocio que les venía

grande. Y peligroso. Esos tres hijos de mala madre secuestraron a una chica, una pobre chiquilla, hija de alguien importante.

—¿Y tú los buscas?

El hombre negó con la cabeza.

—Ya no. A Vinnie ya lo encontré hace unos días. También di con la niña. En cuanto a Douglas, el propio Danny le dio pasaporte. Solo me quedaba dar con Danny y con el dinero. Entonces, averigüé que había venido hacia aquí, buscándote.

—Pues ya has hecho tu trabajo, ¿no? ¿Para qué me quieres a mí?

—¿Cómo que he hecho mi trabajo?

—Por supuesto. Lo que le hiciste anoche a Danny...

—Espera —apostrofó el hombre—. ¿Qué es lo que se supone que le hice a Danny?

Lorna pareció entender que el hombre exigía silencio.

—Vale. No le hiciste nada —dijo—. Yo no te he visto jamás, ni hemos hablado. Puedo ser una tumba. Pregunta en Chicago a quienes me conocen. Además, yo solo quiero alejarme de todo esto... Yo...

El hombre la dejó hablar mientras ataba cabos. Si Lorna creía que él había acabado con Daniel Morton, solo podía deberse a que ella no lo había hecho. Pero, entonces, ¿quién había apuñalado a Morton? Por un momento, pensó en los chicos del Pontiac, pero a ellos los había estado vigilando mientras hacía tiempo en el bar y no se habían movido de allí hasta que él mismo lo hizo. Así pues, ¿quién? ¿Había alguien más metido en el asunto? Y, sobre todo, ¿tenía ese alguien el dinero o, por el contrario, Lorna estaba intentando hacerle luz de gas? Tenía que comprobarlo.

—Sal del coche —ordenó. Ella pareció no comprender y

él repitió la orden en voz más alta, con mayor firmeza—: Sal del coche.

Lorna salió y se quedó junto al Packard mientras él hacía lo propio por su lado y, tras rodearlo, sacaba su pistola y la amartillaba.

—Se acabaron los juegos —dijo Rudy Bambridge, asiéndola del antebrazo y haciéndola alejarse del auto en dirección a la espesura—. Me he hartado de tanta tontería. Me vas a decir ahora mismo dónde está la pasta.

—No tengo ni idea —dijo Lorna, justo un instante antes de que el puño de Bambridge se estrellara contra la parte baja de su espalda, haciéndole polvo el riñón.

Lorna acabó en el suelo, de rodillas, intentando contener las lágrimas que le inundaban los ojos. No quería darle a aquel malnacido el placer de verla llorar u oírla suplicar por su vida. Bambridge la rodeó y le puso el cañón de la pistola en la frente.

—Última oportunidad, querida.

Rudy Bambridge sabía cuándo alguien le mentía. E intuía que Lorna no lo estaba haciendo. Pero quería estar absolutamente seguro. Si, finalmente, entendía que ella decía la verdad, simplemente, volvería a enfundar su pistola y se marcharía. No había necesidad de matarla. Ella no contaría nada sobre él, sencillamente porque no le convenía.

Lorna, con una entereza que lo sorprendió, elevó el rostro hacia él y lo miró fijamente, antes de decir:

—Te he dicho la verdad: no sé nada del dinero y no sabía nada de los negocios de Danny. Y ahora haz lo que tengas que hacer, hijo de mala madre, pero...

Repentinamente, Lorna se calló y se quedó mirando algo que había más allá de Rudy Bambridge. Este, durante los primeros segundos, pensó que se trataba de un ardid, pero no tardó en sentir una presencia a sus espaldas. Al volverse, vio a un palurdo gordo de unos cuarenta años, con chaleco de cazador y una escopeta abierta colgando del brazo. El tipo estaba allí parado, mirando con asombro la escena, intentando comprenderla.

Rudy, con la rapidez y la precisión de un felino, se volvió y le apuntó, y entonces el cazador hizo aquello que jamás, en esa situación, debió hacer: cerró la escopeta e intentó encañonar a Rudy.

Antes de que la culata de la escopeta llegara a rozarle el hombro, la pistola de Rudy vomitó una bala que le atravesó la garganta. La escopeta cayó al suelo y el tipo le siguió los pasos, mientras sus manos intentaban inútilmente contener la sangre oscura que surgía a borbotones de su cuello. Bambridge dio un paso hacia él y observó al individuo. Había quedado tirado de espaldas cuan largo era, con las manos en torno al gaznate y el cuerpo sacudido por convulsiones, mientras se asfixiaba. Eso duró unos segundos, hasta que por fin dejó de temblar y sus ojos se quedaron mirando al vacío y al absurdo.

Mala suerte, amigo, pensó Rudy Bambridge justo un segundo antes de que algo duro se estrellara contra la parte posterior de su cráneo.

PONER PIES EN POLVOROSA

Estaba a punto de oscurecer cuando una camioneta la recogió en la carretera. Los ocupantes, una pareja de ancianos bastante agradable, regresaban a Rapid City después de visitar a un familiar enfermo. La dejaron en la estación de autobuses y Lorna, tras comprobar los horarios, telefoneó a Helen desde una de las cabinas de la estación. Le contó dónde estaba y prometió explicarle lo que hacía allí. También le dijo que el autobús que paraba en Marksonville no saldría hasta las 10 de la noche, así que esa tarde no podría ir a trabajar. Helen se hizo cargo y le dijo que no importaba. Por último, le preguntó si de verdad se encontraba bien, si le había ocurrido algo malo. Lorna contestó que en ese momento no podía hablar y que se lo contaría más tarde.

Después de colgar, compró un sándwich y un paquete de cigarrillos en la cantina de la estación. Tomó asiento en uno de los bancos y se comió el sándwich, masticando lentamente cada bocado. Luego encendió un cigarrillo y se lo fumó, pensando. Tenía que poner orden en todo aquello. Había muchas cosas que no sabía, pero decidió comenzar por las que sí sabía: Danny no le había mentido al decirle que tenía dinero, porque, al parecer, había tomado parte en un secuestro y se había largado con el botín. Ella (de eso estaba muy segura) no había matado a Danny. Y, además, tampoco tenía ni la más remota idea de dónde estaba el dinero. Pero aquel individuo (que no se llamaba Taylor Stevens) había pensado que sí y por

115

eso la había raptado. Eso indicaba dos cosas: la primera, evidente, que él no tenía el dinero; la segunda, asombrosa, que él tampoco había acabado con Danny. Bien podía ser que ella se equivocara en este último punto, pero su asombro cuando ella negó haberlo hecho era indicio de que así era. Además, había otro argumento que apoyaba esta tesis: el tipo era un profesional. Había llegado a Marksonville buscando a Danny, seguro de que se pondría en contacto con ella. Un tipo tan frío y calculador, no le hubiera dado finiquito a Danny sin antes averiguar dónde estaba el dinero, que era, evidentemente, lo que andaba buscando. Así pues, estaba segura, el profesional tampoco había asesinado a Danny.

Entonces, ¿quién lo había hecho? ¿Los cómplices de Danny? El matón le había dicho que todos estaban muertos. Se le ocurrió una posibilidad: que hubiera alguien más metido en el asunto, alguien de quien ni ella ni el matón tenían noticia. Pero eso le pareció poco probable. El hombre del Packard parecía estar muy bien informado. Así pues, ¿quién había asesinado a Danny?, se preguntó nuevamente.

Pensó en el matón. No le había matado. Se tomó el tiempo suficiente para comprobar que respiraba. Se preguntó si la seguiría. Nunca podría tener certeza de ello. Podría ser que lo hiciera. Podría ser, también, que regresara a Chicago para volver con refuerzos. También entraba en lo posible que la creyera y que la dejara en paz. Pero no podía estar segura. De lo único de lo que podía estar segura era de que en Chicago sabían que ella se escondía en Marksonville y de que, por tanto, Marksonville ya no era un buen sitio para vivir. Tendría que poner pies en polvorosa. Disponía de algunos ahorros, unos cuantos cientos de dólares. Pero no podría sacarlos de su cuenta hasta el lunes. Hasta entonces, procuraría dejarse ver lo menos posible.

CHICA LISTA

Cuando Rudy Bambridge abrió los ojos, tardó unos segundos en distinguir, entre la penumbra del atardecer, a un escarabajo que avanzaba sobre una hoja. Inmediatamente después noté el sabor acre de la tierra húmeda en la cual su boca estaba hundida a medias y, por último, un insoportable dolor de cabeza. Era como si una tribu entera de watusi bailara la danza de las cosechas sobre sus meninges.

Como pudo, se incorporó hasta quedar sentado, con la espalda apoyada contra un árbol. Se tocó la nuca y notó la humedad de la hemorragia, que ya había cesado. A su izquierda, muy cerca de él, veía las botas del cazador, cuyo cadáver le ocultaba la maleza. A su derecha estaba el enorme bulto del Packard. La chica no se había parado a buscar en sus bolsillos las llaves del coche. Simplemente, le había golpeado con la piedra (esa misma piedra puntiaguda del tamaño de un melón que estaba allí, a sus pies, con una mancha de sangre coagulada en uno de sus extremos) y había salido corriendo. Ya estaba oscuro, pero aún se vislumbraban las últimas luces del ocaso.

Lorna Moore había sido rápida: había aprovechado la oportunidad, lo había dejado grogui y había huido. Si no le había pegado un tiro con su propia arma, si no le había robado el coche no había sido por torpeza o por falta de redaños, sino para dejarle un mensaje. Ese mensaje era: no quiero volver a verte; sigue tu camino y yo seguiré el mío.

—Chica lista —dijo Bambridge en voz alta.

A esas horas, Lorna estaría ya a punto de llegar a Marksonville, en el coche o el camión que la hubiera recogido por la carretera. ¿Qué conductor solitario no transportaría en su auto a una chica como aquella? En cualquier caso, Lorna Moore ya no era asunto suyo.

Probó a incorporarse. Le costó hacerlo. En el primer intento, estuvo a punto de caerse. En el segundo lo consiguió, pero aún tuvo que permanecer unos minutos apoyado contra el árbol. Ahora sí veía el bulto del cadáver del cazador. Evidentemente, estaba solo. Tal vez en su casa hubiera una mujer o unos hijos comenzando a extrañarse de su tardanza. Tal vez alguien hubiese comenzado ya a buscarlo.

Había que moverse. Se guardó la pistola, tras utilizar la pernera del pantalón del cazador para limpiarle la tierra. Después sacudió sus propias ropas y se dirigió al Packard. Cuando arrancó se dijo que no había dejado en su habitación del hotel nada importante o que pudiera llevar a identificarlo. Y Lorna Moore, evidentemente, había dicho la verdad. Así que no se le ocurría absolutamente nada que hiciese necesario volver a Marksonville. Por tanto, se dirigiría hacia el Este.

Antes de arrancar, se limpió la sangre, ya reseca, con un pañuelo y dedicó unos segundos a pensar por última vez en el cazador desafortunado. Luego arrancó y, mientras daba marcha atrás para volver a la carretera, lo olvidó para siempre.

LAS MANCHAS
DE SANGRE JAMÁS SE LIMPIAN

Lorna Moore se apeó del autobús y vio a Tom y Helen Hidden sentados en la parada. Sorprendentemente, habían cerrado antes de lo previsto y habían acudido a esperarla. Subieron a la ranchera: Tom se puso al volante, Helen se sentó a su lado y Lorna ocupó el asiento trasero. Pero Tom no arrancó. Él y su mujer se volvieron hacia Lorna y esta sintió, en ese momento, que todo lo ocurrido en las últimas cuarenta y ocho horas se le echaba encima. Por eso, de pronto, emitió un largo y profundo sollozo y se echó a llorar con el rostro entre las manos. Sus amigos le permitieron desahogarse unos minutos. Finalmente, Helen le dio un pañuelo y Lorna se secó las lágrimas y se sonó. Después les contó lo que había ocurrido por la tarde y lo que había pensado mientras esperaba el autobús.

—En cualquier caso, hay alguien más metido en esto: alguien que mató a Danny y se llevó el dinero. El problema es que ese tipo no me cree, seguro, y que volverá a por la pasta.

Helen y Tom guardaron silencio. Luego intercambiaron una mirada de complicidad y, finalmente, Helen dijo:

—Lorna, querida, Tom y yo hemos estado hablando y... En fin, Tom tiene algo que decirte.

Tom asintió y dijo:

—Anoche te seguí.

—¿Cómo? —inquirió ella con incredulidad.

—Te seguí. En la moto.

—En realidad fue idea mía —se apresuró a decir Helen—. Por lo que me habías contado, ese tipo era un moscón que venía a molestarte. Así que decidimos que Tom anduviera cerca, por si acaso.

La mirada de Tom adquirió, de pronto, un brillo animal.

—Solo quería protegerte, Lorna. Pero, cuando te marchaste de allí a escape y el tío se asomó a la puerta, me dije que no estaría de más darle un buen susto... Solo quería eso: darle un susto, espantarlo para que no te molestara más...

Lorna permaneció callada. Comenzaba a comprender lo ocurrido.

—El caso es que ese pobre tipo se asustó más de lo que yo había previsto —continuó Tom Hidden—. Me empujó y resbalé. Luego intentó coger un revólver y, en ese momento, vi el cuchillo sobre la moqueta, junto a mí...

Ahora fue Tom quien se calló. Agachó la cabeza y permaneció sumido en sus pensamientos. Probablemente volvía a ver el rostro de Daniel Morton, nimbado de pánico, mientras la vida huía de él. Helen puso una mano en el hombro de su marido y lo apretó con cariño maternal.

—Yo... Fue un acto reflejo, Lorna... Tienes que entenderlo.

Lorna se echó hacia delante y puso su mano en el otro hombro de Tom.

—Lo entiendo, Tom. Y te lo agradezco. Te lo agradezco muchísimo. Lamento... lamento que hayas tenido que hacer eso por mi culpa... De verdad, Tom, lo siento muchísimo. Yo... Yo...

Lorna no pudo continuar hablando. De nuevo se echó a llorar sin poder reprimirse. Lloró por Tom, por Helen, por Danny Morton, por ella misma. Lloró por todos ellos, por lo que habían hecho y por lo que habían dejado que hacer, por sus decisiones equivocadas y por las cosas que no habían podido evitar. Ahora Danny estaba muerto y ellos, los tres, tenían las manos manchadas con su sangre. Y las manchas de sangre jamás se limpian. Tardó un buen rato en serenarse. Después, Tom volvió a ponerle los pies en la tierra, al decirle:

—Allí no había ningún dinero, Lorna. Y, si lo había, no lo vi. Tampoco es que me quedara a registrar... Todo sucedió muy rápido. Me marché enseguida. En todo caso, yo no tengo ese dinero. Me crees, ¿verdad, Lorna? ¿Tú me crees?

UN CABO SUELTO

Conrado Bonazzo jamás iba a la oficina los domingos por la mañana. El domingo era para el Señor y para la familia, nunca para los negocios. Pero ese día hizo una excepción. Rudy le había telefoneado el viernes para contarle lo que había ocurrido con la chica. No había llegado a Chicago hasta el sábado por la noche. Bonazzo le dijo que durmiera tranquilo e intentara reponer fuerzas. Se citaron allí, a las once de la mañana.

Ahora, a las once y media, Rudy Bambridge había terminado de contar su historia y se permitió liar un cigarrillo mientras su jefe la digería.

—Diablos, Rudy, has hecho lo que has podido. Lo que no termina de convencerme es que esa furcia se vaya de rositas...

Bambridge lo atajó.

—Olvídate de ella. No sabe nada. Esto la salpicó por culpa de Morton. No creo que tenga el dinero. A lo mejor está enterrado en algún punto entre Illinois y Dakota del Sur. O se lo quedó la camarera del hotel. Me temo que eso nunca lo sabremos.

—¿Y qué hay de ese dentista?

—Ese es el verdadero cabo suelto.

—¿Tú crees que estaba metido en el ajo?

—Más de lo que parece. Ese sabía lo que se hacía. —Rudy hizo una pausa. Ya había terminado de liar su cigarrillo y lo encendió—. ¿Qué sabes de la pequeña Donaldson?

—Va recuperándose. Por cierto, el viejo Donaldson está muy agradecido. Quiere haceros un regalo a ti y a los chicos. Me pidió consejo, pero no supe qué decirle. Le he preguntado a Doc y a Giuseppe y me han dicho que no hace falta. ¿Qué dices tú?

Rudy Bambridge se levantó de pronto.

—Yo digo que esto no se ha terminado todavía. Te llamaré —dijo dirigiéndose hacia la puerta.

—Ten cuidado, Rudy.

—Descuida.

CON LA SANGRE Y CON LA MUERTE

El sábado, conforme a lo acordado, volvieron al trabajo. El Tommy's abrió a media mañana, como siempre y, también como siempre, sirvió cafés, refrescos, hamburguesas y porciones de tarta de manzana durante todo el día.

Antes de mediodía, Elmore Legins acudió a su habitual charla con Tom. Le trajo noticias frescas sobre el asunto del Amberson. Gracias a la policía de Illinois, estaban haciendo progresos. Al parecer, Daniel Morton era sospechoso de la muerte de un tipo llamado Douglas, un delincuente habitual. El socio de este, un tal Vincent Miller, un tullido natural de Joliet, se hallaba en paradero desconocido. No les costó atar cabos y comprender que seguramente era él quien había ajustado cuentas con Morton. Se había dictado una orden de busca y captura. Los tipos como ese eran vagos y descuidados: el tal Miller sería arrestado, probablemente en alguno de los moteles o prostíbulos que había entre Dakota del Sur y Canadá. Era solo cuestión de tiempo. Eso, claro estaba, en el caso de que hubiera sido lo suficientemente inteligente para intentar alcanzar la frontera, porque tampoco sería de extrañar que intentase volver a Chicago o a Joliet como si nada hubiera pasado. Tom escuchó esas especulaciones sin apartar la vista de sus propias manos: es peligroso distraerse cuando uno monda patatas con un cuchillo afilado.

Por la noche, cuando cerraron, Lorna sintió frío. Eso le hizo recordar el frío que había sentido unas noches antes, en el motel, cuando Morton se había negado a prender la estufa. Y, de pronto, una luz se encendió en su mente.

El domingo por la mañana, Gálvez se llevó una alegría, al ver la sonrisa de aquella pelirroja tan elegante, aquella tal Velma Queen que se mostró morbosamente interesada por el asesinato. Gálvez, por supuesto, no escatimó en detalles e, incluso, inventó alguno para interesar aún más a aquella palomita. Por supuesto, no podía darle esa habitación. Aún se hallaba precintada y no habían podido adecentarla. Pero no le importó darle la habitación 22. Él mismo la acompañó y se preocupó de informarla de que finalizaría su turno a mediodía. Si ella quería, podían almorzar juntos. La señorita Queen respondió que ella misma iría a buscarle a la recepción. Ahora quería quedarse sola, darse un baño, ponerse guapa. Cuando Gálvez regresó a la recepción, Velma Queen dejó pasar unos instantes, arregló un poco la peluca y volvió a ser Lorna Moore. Después de asegurarse de que no había nadie, salió de su habitación y empujó la puerta de la habitación 21, cuya cerradura aún no había sido reparada. Procuró no mirar la silueta dibujada junto a la cama, ni la mancha de sangre negra. Se dirigió directamente a la estufa, la abrió e introdujo la mano. Cuando la sacó, había en ella un fajo de billetes. Repitió la operación todas las veces que se hizo necesario, hasta que se aseguró de que no quedaba ni un centavo más en el interior de la chimenea.

Luego volvió a su habitación, contó el dinero y lo guardó en la pequeña bolsa de viaje que llevaba consigo. Dejó las llaves puestas en la puerta y, al volante de la ranchera Ford en la que había venido, se fue de allí, con la bolsa de viaje en el asiento del acompañante. Desde la recepción, Gálvez la vio pasar y se dijo que no había tenido suerte, que era demasiado bonito para ser cierto, que aquella pelirroja *hija de la gran chingada* debía de ser una de esas locas perturbadas que se calientan con la sangre y con la muerte y que, al menos, había pagado la habitación por adelantado.

DENTISTAS DE PEORIA

La avenida Bryan no está en la zona más desconocida de Peoria, así que a Rudy Bambridge no le costó dar con la consulta de Robert Hospers. Tal y como supuso, en la planta superior del edificio de la consulta había una vivienda, así que no dudó ni un instante de que el amigo Bob estaría allí, sobre todo tras descubrir que su Pontiac se encontraba aparcado enfrente. Una rápida inspección del auto le sirvió para darse a sí mismo una pequeña satisfacción personal: a la altura del maletero, la carrocería presentaba dos impactos de bala. Así pues, pese a la oscuridad y la sangre en sus ojos, había logrado acertarle.

Los domingos por la tarde en Peoria son igual de plúmbeos que en cualquier otra ciudad de provincias. La gente sale al campo, se mete en el cine o se encierra en casa para intentar hacer más breves esos adelantos de la muerte. Así que Rudy no tuvo que esperar demasiado hasta que hubo un momento en que la calle se hallaba completamente desierta. Mucho menos tiempo tardó en forzar la cerradura de la entrada. Empuñando su Colt, dejó atrás la antesala y la consulta del dentista y encontró las escaleras. Subió lentamente los dos tramos. Una vez en el segundo rellano, cuando vio que la puerta de la casa estaba abierta de par en par, amartilló el arma y procuró hacer aún menos ruido. El sonido de las moscas le hizo entender que, por tercera vez en esa semana, había llegado tarde.

El doctor Robert Hospers, médico dentista, estaba sentado en el sofá de su cuarto de estar. Tenía una férula que le inmovilizaba la nariz y los ojos amoratados. Su cabeza estaba echada hacia atrás y su boca había quedado abierta, como si se dispusiera a someterse a uno de sus propios exámenes. Eso le confería un aspecto ciertamente ridículo. Las manos descansaban sobre los muslos y, en el centro del pecho, tenía un solo y limpio agujero, el que había hecho la bala al atravesarle. No había más señales de lucha. A Bob se lo había cargado un amigo, o alguien a quien él consideraba un amigo.

Rudy Bambridge miró detrás del sofá y vio una enorme mancha de sangre. El proyectil, al salir, había arrasado con todo y, en el boquete resultante, se adivinaban trozos de guata mezclados con jirones de los tejidos internos del compadre Bob. A juzgar por el estado del cadáver, debía de llevar allí al menos un día, pero no más de dos.

Bambridge echó un vistazo a la agenda que había junto al teléfono, pero no halló lo que buscaba.

De pronto, se le ocurrió una idea. Bajó a la consulta y rebuscó en las fichas de los pacientes. En pocos minutos, encontró una ficha a nombre de alguien a quien conocía.

Desde la misma consulta, telefoneó a Bonazzo.

—Connie, el dentista ya no podrá recibir a nadie más.

—No fastidies...

—Alguien se me adelantó.

—¿Sabes quién?

—Lo supongo.

—¿Y qué piensas hacer?

—Llegar al fondo de esto, caiga quien caiga. Llámalo orgullo profesional, pero no me gusta que me tomen el pelo. Así que pienso seguir escarbando. Si tú no tienes inconveniente, claro está.

—Haz lo que tengas que hacer. Yo te apoyaré, sea lo que sea.

—Muy bien. Por lo pronto, me vuelvo a Chicago. Quiero ver a Donaldson.

—¿A Donaldson?

—Sí, dijiste que quería hacernos un regalo a los chicos y a mí, ¿verdad?

—Sí.

—Pues ya sé lo que quiero. Y me parece buena idea decírselo yo mismo.

—Está bien. ¿Quieres que le avise de que vas a ir a verlo?

—No. Quiero que lo cites en tu oficina, a las nueve de la noche. Tengo que ir primero a otro sitio.

UNA FACHADA RESPETABLE

Marco Bonazzo, el sobrino de Conrado, no esperaba ninguna llamada en domingo por la tarde. Estaba en el patio trasero, lanzándole la pelota a su hijo, cuando su mujer le avisó de que preguntaban por él. Si se hubiera tratado de cualquier otro, Marco lo hubiera espantado con malos modos. Pero quien llamaba era nada menos que Rudy Bambridge. Así que no le importó decirle al crío que tenían que dejarlo durante un rato. Rudy comenzó disculpándose.

—Supongo que no me llamarías si no fuera por algo importante.

—Lo es.

—¿Necesitas pasta?

Como contable e interventor de su tío, Marco estaba acostumbrado a que alguno de los hombres de confianza le pidiera de vez en cuando algo de metálico para salir de algún apuro.

—No, Marco. Necesito información.

—¿Sobre qué?

—Sobre Donaldson.

Marco se rascó la cabeza y le pidió que precisara más.

—Bueno —dijo Bambridge—, yo nunca he entendido a fondo la relación que tiene con nuestros negocios.

—Es sencillo. ¿Recuerdas por qué trincaron a Capone?

—Por defraudar al fisco.

—Eso es. Cuando se mueve demasiado dinero, no conviene guardarlo debajo del colchón. Lo que hacemos es invertirlo en una serie de empresas legales, que están a nombre del viejo Nigel. El dinero está a nombre de Donaldson, pero es de mi tío Connie. Él nos proporciona, digamos, una fachada respetable.

—O sea, que Donaldson no tiene pasta.

—No mucha, que yo sepa. Ha intentado algunos negocios, pero le han salido mal. En primavera, por ejemplo, tuvo un resbalón importante con una inversión.

—¿Cuánto perdió?

—Diez o quince de los grandes. De hecho, desde entonces, para mover lana de verdad, tiene que pedirme permiso a mí primero. Orden directa de mi tío.

—Entonces, los veinte mil no salieron de su bolsillo, ¿verdad?

—Claro que no. Tío Connie me dijo que le adelantara lo que hiciera falta. Y así lo hice. Pero luego tú dijiste que era mejor no pagar y, antes de que le dijera que lo devolviese...

Rudy lo interrumpió.

—Entiendo. Muchas gracias, Marco.

—Rudy, ¿a qué viene todo esto? ¿He metido la pata en algo?

—No, Marco. No hay nada que deba preocuparte.

PERRO MORIBUNDO

Rudy Bambridge no había visto a Donaldson en persona más de tres o cuatro veces. Estaba más habituado a encontrar su fotografía en los periódicos, junto al alcalde y los líderes de la patronal o de los sindicatos. No cabía duda de que era un tipo elegante, con estilo: un cincuentón alto, de buena planta, con las plateadas sienes peinadas hacia atrás y un rostro minuciosamente afeitado de perfil griego y distinguido. Su forma de vestir era tan elegante como sus ademanes: siempre sabía exactamente qué llevar puesto y cómo. Ahora, para su reunión con Bonazzo y con Rudy, se había embutido en un traje de tres piezas azul marino y llevaba una corbata burdeos ajustada al cuello de una camisa de color celeste. Todo de paño fino. Todo a medida. Todo impoluto. Cuando Rudy llegó a la oficina, acababa de ajustar un cigarrillo inglés a la larga boquilla que acostumbraba a utilizar. Sin encenderla, se levantó del diván donde llevaba ya un rato sentado, charlando con Bonazzo.

Rudy aceptó el efusivo apretón de manos, el agradecimiento, la blanda mirada acuosa, el elogio exagerado de sus aptitudes. Luego, a instancias de Bonazzo, todos tomaron asiento: Donaldson nuevamente en el diván; Bambridge y el italiano en el sofá, uno junto al otro, ambos frente al hombre de negocios.

Rudy Bambridge dejó transcurrir unos segundos en silencio, alimentando la expectación de los otros. Al tomar la palabra, lo hizo con sosiego, dirigiéndose directamente a Donaldson.

—Como sabrá, he pasado esta semana ocupándome exclusivamente de este asunto.

—Cosa que le agradezco.

—No le he hecho venir para que me lo agradezca, sino para que escuche de primera mano lo que he averiguado. Así, que, por favor, permítame hablar.

Donaldson guardó automático silencio. Conrado Bonazzo, en cambio, identificó una extraña acritud en el tono de Rudy. Frunció el ceño, pero no dijo absolutamente nada.

—Si no me equivoco —dijo Rudy—, las cosas ocurrieron del siguiente modo: Daniel Morton propuso a Walter Douglas y a Vinnie *el Cojo* secuestrar a Mara. Eso ya lo sabíamos. También sabíamos que Daniel, una vez tuvo el dinero en su poder, traicionó a estos: mató a Douglas y se fugó con el botín. Su intención era recuperar a un antiguo amor, una chica que vive ahora en Dakota del Sur y que, en realidad, no tiene nada que ver con todo esto. A Morton lo mataron allá, en un motelucho de carretera. No sé quién ni por qué. Pero lo cierto es que el dinero no aparece por ningún lado.

—Bueno, el dinero no es lo importante —dijo Bonazzo.

—Para ti no, jefe. Yo sé que para ti, esa cantidad es una minucia. Pero permíteme continuar. El problema no es cómo ha acabado todo, sino cómo empezó. Esto es: cómo es posible que un macarra del tres al cuarto como Morton tuviera la idea de secuestrar a la hija de Nigel. Cómo se le ocurrió y, sobre todo, de dónde sacó la información necesaria sobre las costumbres de su familia. La respuesta es sencilla: no lo hizo. Morton no tenía la inteligencia, la imaginación y la disciplina necesarias para algo así. En realidad, el plan no era suyo; era un plan trazado por otro, un tipo llamado Robert Hospers, Bob, para los amigos. Un dentista de Peoria con quien Danny debía repartirse el botín. Pero Morton no solo traicionó a los suyos, sino también a ese otro tipo. Cuando Bob comenzó a sospechar algo, acudió al sitio donde custodiaban a la niña, acompañado de un cretino enorme con quien debía de tener cierto ascendente. Sin embargo, resultó que los chicos y yo habíamos llegado primero. La única esperanza del dentista consistía en seguirme a mí y rezar para que yo diese con Morton y con el dinero. Desgraciadamente para Hospers, ni él, ni el chico que le acompañaba eran hombres de acción. Eso ya lo sabe Connie: no fue difícil echarles el lazo. Hospers logró huir; el chico no. Ahora está abonando las suaves praderas de Dakota del Sur.

Rudy Bambridge hizo una pausa. Miró al techo y se rascó el cuello tres o cuatro veces, antes de proseguir.

—Al principio pensé que, efectivamente, todo había sido idea de Hospers. Pregunté por ahí sobre él y me enteré de que no era trigo limpio. Lo consideraba muy capaz de tramar algo así. Pero hoy he estado en Peoria, en su casa, y me encontré con que le habían dado el pasaporte. Con un arma de calibre potente. Probablemente un 45 o un 38. Esto solo podía querer decir una cosa: él tampoco era otra cosa que un peón. El cerebro de todo este asunto fue otra persona.

Tanto Bonazzo como Donaldson abrieron desmesuradamente los ojos.

—¿Quién? —preguntó el primero.

—Alguien que pensaba que las cosas serían más sencillas. Alguien que no esperaba que Hospers subcontratara a Morton; que no sospechó que Morton, a su vez, subcontrataría a dos malas bestias como Douglas y *el Cojo* y que no intuyó, ni por un instante, que además Morton complicaría todo el negocio al huir con el dinero, sin que ninguno de los tres supiera, por otro lado, para quién trabajaban realmente. Alguien que conocía a Hospers, que había tenido trato frecuente con él y creía que se podía contar con él para algo así. Alguien que, por otro lado, necesitaba dinero, al menos diez de los grandes, y rápidamente. Esta tarde, cuando estuve en casa de Hospers, se me ocurrió buscar en sus ficheros. Connie, ¿a que no adivinas quién era paciente habitual del amigo Bob?

Dicho esto, Rudy Bambridge sacó la ficha que se había llevado de la consulta y la puso en la mesita de centro, ante Conrado Bonazzo. Este leyó el nombre que figuraba en la ficha y la arrastró hasta situarla ante Donaldson.

—No puede ser... Mariela no... —comenzó a decir, pero Rudy le hizo callar con un gesto.

—Yo no he dicho que fuera Mariela Dogson. Mariela no necesita dinero; ya dispone del suyo, Nigel: usted le paga la casa, la comida, los caprichos, el dentista... Ella no me parece capaz de manejar un arma de gran calibre. Y, lo que es más importante, no tiene grandes deudas que satisfacer. En cambio, usted sí.

—¿Qué está insinuando, Rudy? —dijo Donaldson, ofendido, haciendo ademán de ponerse en pie.

—Cállate y siéntate, Nigel —le ordenó Bonazzo, con firmeza. Donaldson leyó el fuego que, repentinamente, se había encendido en sus ojos y supo que lo más conveniente era obedecerle—: Continúa, Rudy.

Rudy Bambridge asintió mientras retomaba mentalmente el hilo. Después prosiguió:

—Antes de venir para acá, he hecho algunas averiguaciones. Hablé, por ejemplo, con Marco. Me explicó cómo funciona el trato entre Donaldson y tú. También me dijo que Donaldson no tiene lo que se dice suerte en sus inversiones particulares. Luego llamé a cierto agente de bolsa, que me contó algo sobre un fracaso estrepitoso: una empresa de exportación llamada N. D. & Co., que se hundió esta primavera y en la que alguien que todos conocemos perdió quince de los grandes. Curiosamente, el propietario cubrió las pérdidas enseguida. El agente se llama Charles Kendrick. ¿Le suena el nombre, Nigel?

Donaldson permaneció impasible. Parecía haber decidido intentar aguantar el chaparrón como un hombre. Bonazzo, en cambio, preguntó:

—¿Cómo has dado con ese tipo?

—No por casualidad. Es cliente del Loop's y alguna vez hemos compartido mesa. Lleva las cuentas de bolsa de media ciudad. Un tipo listo y bien relacionado. Por supuesto, cuando Donaldson cubrió las pérdidas enseguida, no le dio importancia. Sabe que él trabaja para ti. Lo que no sabía es que esa empresa no tenía nada que ver con tus negocios. ¿O alguna vez Marco o tú habéis autorizado la creación de una empresa con ese nombre?

El silencio subsiguiente dejó clavados a todos en sus asientos. Los ojos de Donaldson barrían el suelo, intentando encontrar algún jirón de su propia dignidad. Bonazzo fue comprendiendo todas las implicaciones de lo que Rudy había contado. Las últimas, las expresó en voz alta.

—Así que este hijo de mala madre utilizó mi dinero para tapar un agujero. Y luego hizo que secuestraran a su propia hija para que yo volviera a soltar la pasta e ingresarla de nuevo en mis cuentas. ¿Es así, Rudy? ¿Es así?

—Sí. Algo así... Por supuesto, él no pensó que estuviera poniéndola en peligro... Esos tarados tenían que repartir el dinero y hacerle llegar su parte a él sin que la niña sufriera daño alguno. Pero ya sabemos que hubo varias cosas que salieron mal. Primero, mi recomendación de no pagar inmediatamente; segundo, que Morton tenía sus propios planes; tercero, que Vinnie era un cerdo. De hecho, si no hubiéramos llegado a tiempo...

De pronto, una voz de dragón airado surgió de las entrañas de Bonazzo, que masculló con rabia:

—Tu propia hija, Nigel... La pequeña Mara... Has puesto a tu propia hija en manos de... Y todo eso, ¿por qué? ¿Por dinero? ¿Por un puñado de billetes arrugados? Podías haber hablado conmigo. Hubiéramos llegado a un acuerdo. En cambio, tú, hijo de una perra rabiosa, utilizaste... utilizaste...

Bonazzo estaba a punto de estallar, de abalanzarse sobre Donaldson. Rudy Bambridge ya lo había previsto y le retuvo, poniéndole una mano en el hombro:

—Aquí no, Connie. Aquí no. Además, no vale la pena que te ensucies las manos.

Nigel Donaldson continuaba inmóvil y en silencio. El cigarrillo se había consumido ya y el filtro permanecía apagado y frío, pero aún encajado en la boquilla. Ahora lo extrajo de esta y lo depositó suavemente en el cenicero. Sus dedos juguetearon un instante con el cilindro de plástico y, finalmente, se lo guardó en el bolsillo interior de la americana.

Rudy sabía que no entraba en sus planes que Mara sufriera daño alguno, pero también era consciente de que Bonazzo no perdonaría jamás aquella canallada. Ya lo había previsto y había realizado las gestiones oportunas. Ahora se dirigió a Donaldson con cordial frialdad:

—Nigel, he pensado que será mejor que los chicos le acompañen a casa. Giuseppe y Doc Martin están esperándolo en el vestíbulo. Usted quería expresarles su agradecimiento personalmente, tener algún detalle con ellos. Ahora tendrá oportunidad de hacerlo.

Bonazzo comprendió inmediatamente lo que Rudy quería decir. También Donaldson, quien, extrañamente, le sostuvo la mirada a Bambridge y asintió, diciendo:

—Lo entiendo, Rudy. No hay mucho más que hablar. Será mejor que me marche ya.

Donaldson se levantó. Bonazzo y Rudy permanecieron sentados mientras este rodeaba el sofá y llegaba hasta la puerta. Pero, antes de que saliera, le oyeron girarse hacia ellos y decir:

—Quiero que sepáis que yo no quería... Que yo nunca quise... Mi hija es importante para mí. Yo jamás pensé...

Ninguno de ellos se volvió para mirarle. La voz de Nigel Donaldson se fue convirtiendo en un murmullo, hasta que, por fin, se apagó como se apaga en la distancia el aullido de un perro moribundo. Aquel hombre ya no era un hombre, sino un perro agonizante cuyos quejidos no habría de volver a escuchar jamás. Eso fue exactamente lo que Rudy Bambridge pensó cuando escuchó cerrarse la puerta a sus espaldas.

COSAS QUE JAMÁS
SE PIERDEN DEL TODO

Ese lunes, el *Tribune* recogía a cuatro columnas la noticia del suicidio de Nigel Donaldson, conocido hombre de negocios, filántropo célebre y prócer de la ciudad. Al parecer, Donaldson, «en un acto de profunda desesperación, fruto de un prolongado estado depresivo que había pasado inadvertido a sus allegados, se había quitado la vida en su despacho del centro de la ciudad, utilizando su propia arma». Rudy Bambridge, acodado en la barra, rechazó su primer impulso de leer la extensa necrológica de las páginas interiores y continuó tomando su café tranquilamente. Justo entonces, Doc Martin hizo su entrada en el bar y tomó asiento a su lado.

—¿Qué hay, Rudy?

Bambridge señaló con la mirada el periódico doblado.

—Buen trabajo.

Doc alzó la barbilla, con vanidad, que luego quiso matizar:

—La verdad es que fue muy colaborador. Hasta escribió él mismo la nota. En el fondo, supongo que le quedaba algo de clase.

Rudy asintió, pensando en que hay cosas que jamás se pierden del todo.

Ese día, mientras Rudy acababa su desayuno, el viento del Este concedió una tregua al otoño y la primavera volvió, al menos durante unas horas, a Marksonville. Quien jamás regresó fue Lorna Moore. A las diez de la mañana, en el momento en que Tom y Helen Hidden encontraron en la cocina del Tommy's una caja de zapatos que llevaba sus nombres escritos en la tapa, ella ya viajaba en un autobús de línea, con destino a Manitoba, en Canadá. Así lo explicaba la propia Lorna en la nota que había dejado a los Hidden en el interior de la caja, esa nota en la que les decía que jamás había tenido amigos como ellos; la misma en la que les anunciaba que, si todo iba bien, se pondría en contacto con ellos en un futuro próximo; y en la cual, finalmente, les agradecía su cariño, su ayuda y su generosidad, a los cuales deseaba corresponder con aquello que allí les dejaba. Tom y Helen no necesitaron contar el dinero para calcular que allí había, aproximadamente, diez mil dólares.

TÍTULOS PUBLICADOS EN NAVONA EDITORIAL

Colección Navona Negra

1. Arthur Conan Doyle / *Seis enigmas para Sherlock Holmes*
2. Alexis Ravelo (M. A. West) / *El viento y la sangre*

Colección Navona Ficciones

D. H. Lawrence / *Cuentos prohibidos*
Lev Tolstói / *Hadjí Murat*

Colección Reencuentros

1. John Steinbeck / *Tortilla Flat*
2. Mark Twain / *El pretendiente americano*
3. Joseph Conrad / *Situación límite*
4. Eric Ambler / *Epitafio para un espía*
5. John Steinbeck / *El breve reinado de Pipino IV*
6. Jack London / *Los mejores cuentos del Gran Norte*
7. Voltaire / *Micromegas. Zadig*
8. Rex Stout / *Nero Wolfe contra el FBI*
9. Erskine Caldwell / *El camino del tabaco*
10. R. L. Stevenson / *La playa de Falesá*
    Las desventuras de John Nicholson
11. John Steinbeck / *Cannery Row*
12. Jack London / *Los mejores cuentos de los Mares del Sur*
13. Erskine Caldwell / *La parcela de Dios*
14. Friedrich Dürrenmatt / *La promesa*
15. Jack London / *Antes de Adán*
    La peste escarlata
16. John Steinbeck / *Dulce jueves*
17. Joseph Conrad / *Falk. Una remembranza*
    Una avanzadilla del progreso
18. John Steinbeck / *El largo valle*
19. John Steinbeck / *El pony colorado*
20. Francis Scott Fitzgerald / *Los mejores cuentos*
21. R. L. Stevenson / *Will el del molino*
    La Isla de las Voces
    Fábulas
22. Erskine Caldwell / *Tumulto en julio*
23. Leopoldo Alas, *Clarín* / *Doce cuentos sutiles*

Colección Breves Reencuentros

Colección Minireencuentros